Benjamin FITTOUSSI

MADEMOISELLE JEANNE

ROMAN

ÉDITIONS DU MOT PASSANT

« Les personnages et les situations de ce récit étant purement fictifs, toute ressemblance avec des personnes ou des situations existantes ou ayant existé ne serait que pure coïncidence. »

83 rue Magenta 69 100 Villeurbanne
Tél - Fax : 04 37 43 02 69
internet : www.motpassant.fr
e-mail : info@motpassant.fr

I.S.B.N : 978 2 35792 029 3

I

Il vivait seul dans cette cabane perdue au fin fond des collines. Ses yeux, jaunis et vieillis prématurément regardaient danser le feu dans la cheminée. Il faisait humide en cette fin février. Il était assis sur une chaise rudimentaire, face à une table qui semblait frêle et bancale. Le mobilier de la masure se résumait à une paillasse qui ne méritait pas le nom de lit et à une sorte de meuble fourre-tout qui avait fonction d'armoire et de buffet. Tout ici, y compris les murs avait été construit de ses mains malhabiles. Quand ? Lui-même ne le savait plus trop. Il avait pris l'habitude de ne plus compter les mois et les années. Sur la table, il y avait une assiette ébréchée, une fourchette tordue et un couteau rouillé, seule vaisselle qu'il avait de temps en temps à faire avec en plus une antique casserole bosselée qu'il faisait chauffer au-dessus de l'âtre de la cheminée.

Aujourd'hui, c'était jour de fête ! Il mangeait un faisan qu'il avait tué l'après-midi même dans la forêt avec le vieux fusil à la voix rauque qui lui venait de son grand-père. Habituellement, il se contentait d'une grive ou d'une bécasse qu'il avait prises au piège, parfois, un lièvre. Il s'ingéniait à cultiver quelques arpents de terre à côté de sa chaumine, ce qui lui permettait d'agrémenter son ordinaire de quelques pois chiches, fèves, haricots ou pommes de terre selon les saisons. Les saisons, son seul point de repère dans le temps.

Les repas étaient brefs. Il n'y avait jamais personne assis en face de lui. D'ailleurs, la chaise sur laquelle il prenait place était la seule que comptait la chaumière. Il ne parlait pas. Il n'avait plus parlé depuis dix longues années, depuis qu'il vivait ici. Mais il gardait tout de même un mince contact avec la civilisation. Toutes les semaines il allait chercher du pain au village qui se trouvait à une vingtaine de kilomètres de là où il avait trouvé refuge. Un gros pain de campagne lui suffisait, même s'il était vite rassis. Cela ne lui faisait rien, il avait toujours eu la dent dure !

Après ce repas austère, il but une grande gorgée d'eau fraîche. Elle provenait de la petite source perdue au fond des plus obscurs fourrés existant dans ces maquis. Elle était bien cachée. Il était le seul à la connaître avec les petits oiseaux qui s'y abreuvaient et y faisaient leur toilette au petit matin. C'était l'heure où il allait y remplir son seau de breuvage quotidien… Il se leva de table, s'essuya les lèvres d'un revers de la manche et sortit. Il allait tous les soirs se promener sur les chemins sinueux. Il écoutait les bruits de la nuit et prenait place sur une vieille souche de pin déraciné par la tempête. Il fumait une pipe en regardant au loin, par-delà les ceintures successives des lumières du village. Il observait la mer, lointaine et silencieuse, calme et noire, un peu comme les pensées avec lesquelles son esprit se débattait depuis trop longtemps déjà, chaque soir, chaque jour. Sa pipe finie, il rentrait se coucher. Il ne s'endormait que très tard dans la nuit, l'âme torturée par tous les regrets qui emplissaient son cerveau et sa vie.

Qui était cet homme à l'existence si solitaire ? D'où venait-il ? Que faisait-il ici ? En bas, au village, beaucoup se le demandaient. Quelques-uns savaient. Il s'appelait Lourseau, Bernard Lourseau. Il avait occupé la noble fonction de professeur d'histoire. Il était même destiné à avoir une brillante carrière jusqu'au jour fatal où on lui apprit la mort de sa femme alors qu'il était en plein cours magistral à la faculté d'Aix en Provence. Les médecins avaient diagnostiqué une rupture d'anévrisme. Quelle importance pour lui. Elle était morte, voilà tout. Il s'était peu à peu rendu compte que jamais plus il ne la reverrait. Cette idée lui paraissait insupportable et lentement, comme un grand paquebot blessé, il avait sombré dans cette existence dissolue. Il n'avait pas de haine pour le monde des Hommes, juste une impression de lassitude et de dégoût. Il ne voulait plus entendre ces voix qui lui en rappelaient sans cesse une autre, à jamais disparue, emportée par la fuite en avant du temps. En pénétrant dans la cabane où il avait décidé de finir ses jours, il avait laissé en arrière tout ce qui faisait son passé, même son nom. Il avait appris à l'oublier. Mais, il y avait encore, tapie au fond de sa mémoire cette terrible douleur. Parfois, il la comparait à ce qui se passe lorsque l'on jette une pierre dans un étang. D'abord, elle crée des cercles, tout petits, sur la surface de l'onde, puis ils grandissent, grandissent, viennent toucher la rive et ils n'arrêtent plus de faire des vagues et encore des vagues. Avec le chagrin, c'était pareil. Son cœur était un étang où l'on avait jeté une pierre, dix ans plus tôt. L'eau avait souvent battu à l'orée de ses yeux, en vagues lancinantes, amères et salées. Ils en étaient tout ridés, burinés. On voyait néanmoins qu'ils avaient été beaux. De temps en temps, un reflet vert passait dans son regard, mais le plus souvent, il était noir, miroir de l'âme de cet homme brisé, détruit.

Le soleil venait de se lever. À travers les volets disjoints, un trait de lumière réveilla Lourseau. « Un jour de plus ! » pensa-t-il. Il devait aller au village, il n'avait plus de pain. Cette perspective ne l'enchantait guère, mais c'était indispensable. Il ne savait pas pourquoi mais il ne pouvait pas se passer de pain. Du pain et du tabac pour sa pipe, c'est tout ce qu'il s'offrait avec le magot qu'il avait emporté avec lui dans son exil volontaire. Il s'habilla et prit le chemin du village. L'aller-retour lui prendrait la journée, il marchait vite. Ce n'est qu'au bout de plusieurs heures passées à traverser bois et garrigues que les premières maisons lui apparurent. Le village était une grosse bourgade de Provence avec ses maisons enduites d'ocre et de chaux, ses pierres grises, ses volets bleus. Il n'y avait qu'une artère principale. Le village s'étendait tout en longueur. Au centre de cette unique rue, une énorme fontaine, une place avec le monument aux morts de la Grande guerre, des platanes centenaires. C'est là que l'on jouait aux boules et que l'on parlait entre hommes le dimanche pendant que ces dames étaient à la messe. Les seules boutiques étaient une boulangerie-épicerie, un bistrot, une boucherie et un salon de coiffure. Les jours de semaine, le silence était troublé par les bruits venant de l'atelier du maréchal-ferrant, mais aujourd'hui, Clovis, tel était son nom, était accoudé au bar de Papin et discutait ferme avec le maire du village que l'on appelait le Grand Marcel. Il y avait aussi quelques paysans du coin qui jouaient aux cartes au fond de la salle. L'hiver étant particulièrement humide cette année, peu de gens s'aventuraient dehors et tout le monde s'était réfugié chez Papin. À travers la fenêtre recouverte de buée, un paysan aperçut Lourseau et lâcha :

— Tiens, voilà le fada ! Il vient chercher le pain. Ça faisait longtemps qu'on l'avait pas vu. Il porte vraiment le bonheur sur le visage !

— Tais-toi donc, imbécile que tu es ! gronda le maire. Il y a des gens qui ont pas eu de chance dans la vie. Le moins qu'on leur doit, c'est un peu de respect, non ?

Le Grand Marcel, Marcel Chasse était l'un des seuls à connaître quelques bribes du passé de Lourseau et il éprouvait une sorte de sympathie pour lui, autant que le permettaient deux ou trois regards échangés une fois par semaine avec cet homme enfermé dans son obstiné mutisme.

— Mais qu'est-ce qu'il peut bien faire tout seul là-haut à longueur d'années ? s'interrogea Clovis.

— Qu'est-ce que ça peut bien te foutre, hein ? répliqua sèchement Marcel. Il te dérange pas là-haut. Il pourrait même mourir seul comme un chien, personne n'en saurait rien. Ce qu'il veut, c'est la paix et le silence, c'est tout ! Occupe-toi plutôt de tes fers à cheval et laisse cet homme tranquille et ce que je dis pour Clovis est bon pour tout le monde ici !

Ils suivirent tous du regard Lourseau qui se dirigeait vers la porte de la boulangerie. Personne n'osait plus dire un mot. Mais ils se demandaient tous ce qui pouvait bien se passer dans la tête de cet homme si étrange. Il poussa la porte de la boutique qui fit retentir un petit ding-dong. Derrière l'étal se trouvait Marius. Il somnolait, fatigué de sa fin de nuit passée devant le four à pain. Sans un mot, comme à son habitude, Lourseau désigna du doigt un gros pain de campagne, paya et s'en alla. C'était comme cela depuis dix ans. Au début, les gens qui le voyaient avaient bien tenté de lui adresser la parole, mais, voyant qu'il ne prenait pas la peine de leur répondre, ils avaient fini par respecter son silence. Après que Lourseau fut parti, comme Paulette, la femme de Marius était prête et qu'il n'y avait plus de pain à faire, il lui laissa le magasin et s'en fut au bistrot rejoindre les autres. Comme il entrait, Clovis lui demanda :

— Alors, il dit toujours rien le fada ?

— Non, toujours rien ! répondit Marius.

Voyant le regard furibard que leur lançait Marcel, ils s'empressèrent de changer de sujet de conversation.

— Alors, Monsieur le maire, il paraît qu'on va enfin avoir une nouvelle institutrice, dit le boulanger.

— Oui, c'est exact. Elle doit arriver demain matin. Il faut dire que ce n'est pas trop tôt. Cela fait deux mois que Mademoiselle Gertrude est décédée et le poste est depuis toujours vacant. À l'Académie, sa mort les a pris de court…

— En tout cas, c'est pas moi qui regretterai cette vieille folle. Je commençais à ne plus pouvoir souffrir ses leçons de morale. Vingt ans qu'elle était ici, vingt ans d'enfer ! déclara Papin.

— Quand même, tu pourrais être un peu plus correct, je te rappelle que la dame dont tu parles se trouve au cimetière !

— Avoue malgré tout que toi non plus tu ne la portais pas dans ton cœur !

— C'est peut-être vrai ce que tu dis, mais on doit pas parler des morts comme tu es en train de le faire ! lui répliqua le maire avec indignation.

— Bon, écoutez, comme on ne peut décidément parler de rien ici, moi, je m'en vais !

Le maréchal-ferrant poussa la porte et s'en alla vers son atelier tout en ajoutant :

— J'espère que la nouvelle institutrice apportera le sens de l'humour dans ce village, parce que y'a pas que le fada qui donne envie de chialer !

Le « fada », comme il l'appelait en bas venait d'arriver à sa cabane. Elle se situait en bordure d'une petite clairière, au pied d'un contrefort rocheux qui dominait une bonne partie du paysage. En faisant quelques pas, on pouvait ainsi avoir une vue imprenable sur le village en contrebas et, à quelques kilomètres de là, sur la mer et sa côte rocheuse et sauvage. Parfois, on pouvait apercevoir par temps clair une ou deux barques de pêcheurs venant du petit port situé derrière le promontoire rocheux que formait la colline en avançant sur la mer. La plupart du temps, la surface de l'eau était vierge de toute embarcation. On ne se risquait pas de ce côté-ci du littoral. C'était bien trop dangereux à cause des rochers. Lourseau aimait cet endroit calme et ne portant pas la trace d'une âme humaine. Il aimait les senteurs des collines, celles des plantes aromatiques, thym, romarin, l'odeur suave qui se dégageait de la résine des pins au printemps, quand la sève monte ; l'odeur subtile et discrète des feuilles des arbres pourrissant sur le sol et qui rendent la terre fertile, celle des champignons qui agrémentaient ses repas d'automne. Tout cet univers lui convenait à merveille. Il avait appris à en connaître chaque secret, savait reconnaître le chant de n'importe quel oiseau. Il s'enivrait de tous ces bruits qui n'étaient pas humains et qui pour tout un chacun auraient été assourdissants de silence. L'été, c'était le chant étourdissant des cigales, l'hiver, le sifflement plaintif du mistral, la nuit, dans les branches des arbres. Seule la vue de ces rochers bleutés, de ces pins à l'écorce grise et orangée et aux aiguilles vert émeraude arrivait à soulager un peu sa douleur.

Après s'être arrêté quelques instants pour observer le paysage qui constituait sa seule distraction, il rentra et posa le pain sur la table. Il s'assit un moment et laissa son esprit vagabonder. Il pensait à ce qu'avait été sa vie, à ses élèves. Parfois, le visage ou le nom de l'un d'entre eux lui revenait à l'esprit. Alors, il souriait tout seul en se souvenant des discussions qu'ils avaient pu avoir à la fin d'un cours et qui se finissaient des fois tard le soir dans le petit bistrot à côté de la fac. Et puis, des souvenirs plus noirs emplissaient soudain son esprit. Il pensait à un sourire, à des cheveux longs et blonds comme les blés, à des mots, à des rires, à des soirées de bonheur qui s'étaient envolées un après-midi de mai. Mai… Pourquoi ne parvenait-il pas à oublier ? Ce jour terrible, cette heure où sa vie entière se brisa. Il se demandait parfois quelle faute il avait bien pu commettre pour mériter un tel sort. Il revoyait cette petite maison où il rentrait tous les soirs. Il entendait encore la voix et le rire qui saluaient son retour, il sentait toujours les odeurs de cuisine, il gardait ces souvenirs. Il en souffrait en silence un peu plus chaque jour. Il espérait parfois que la mort vînt le prendre, mais elle ne venait pas. Il l'attendait chaque heure, chaque jour, chaque nuit. Il ne comprenait pas pourquoi elle était venue pour la vieille Gertrude et pas pour lui, lui qui restait là, ne sachant plus trouver le moindre intérêt à cette vie quasi-végétative. Il n'avait envie de rien. Il aurait juste voulu revivre le passé, encore et encore, mais il savait que c'était impossible. Maintenant, il ne pleurait plus. Il restait juste silencieux. Son regard pendant ces longs moments de mélancolie n'exprimait plus rien de vivant. Dans ces moments-là, il était plus proche de la mort que n'importe quel mourant, seulement son agonie à lui était lente et douloureuse. Elle ne connaissait jamais d'aboutissement. Après un quart d'heure d'errance, il finit par sortir en poussant un soupir rauque. Il partit dans la forêt pour faire la tournée de ses pièges. Il pouvait en quelques heures faire plusieurs dizaines de kilomètres à travers les vallons et les éboulis de pierres, entre maquis et garrigues. Il remplissait son carnier de grives, de culs blancs, de culs roux, de bécasses, de perdrix. C'étaient les seules occupations qu'il avait choisies d'avoir en se retirant ici. Sa tournée faite, il rentrait et mangeait. L'après-midi, il prenait son fusil et allait chasser du plus gros gibier, parfois un sanglier. De temps en temps, il entretenait son potager qui donnait assez bien, sauf en période de sécheresse. L'été, il se passait souvent de légumes. Il ne mangeait pas tous les jours à sa faim, mais cela lui était au fond bien égal.

L'étonnant, c'est qu'en dix années, il n'avait jamais trouvé cette vie ennuyeuse ou monotone. Il arrivait à une sorte de satisfaction en observant et en écoutant la nature qui l'entourait. Il n'était certes pas heureux, mais ces collines étaient encore le meilleur endroit selon lui pour attendre sa dernière heure qui le délivrerait enfin de sa fichue mémoire.

La journée touchait maintenant à sa fin. Le soleil empourprait toute la mer. Les couchers de soleil étaient pour Lourseau l'un des seuls cadeaux que la vie voulait bien encore lui accorder et il profitait de chacun d'eux, qu'il fasse chaud ou bien qu'il gèle, il était toujours sur le pas de la porte de la cabane pour assister au spectacle gratuit qu'offrait l'astre du jour en s'endormant dans ses draps ultramarins. Après cela, il mangeait et sortait se promener. C'était le rituel immuable de son existence. Chaque jour était un nouveau mercredi 18 juin, date de son installation au pied de ce promontoire rocheux dominant la mer. Et rien ni personne ne venait troubler cette tranquillité et ce lourd silence. Sans doute que si quelqu'un était venu le déranger dans son royaume muet, Lourseau l'eût accueilli à coup de fusil !

II

Il faisait très froid ce matin-là sur le quai de la gare d'Aubagne. Il était huit heures et le Grand Marcel attendait en grelottant, malgré l'épais manteau qu'il avait pris soin de passer avant de sortir. Cela faisait une demi-heure qu'il attendait ainsi le train en provenance de Marseille. En principe, c'était ce matin que la nouvelle institutrice devait arriver. Tout en sautant légèrement pour faire circuler son sang qui commençait à geler, Marcel se disait : « et dire que j'attends comme une andouille en me gelant, l'arrivée d'une vieille folle qui vient remplacer l'ancienne ! Non, des fois, la fonction de maire, c'est une sacrée croix à porter ! Mais qu'est ce qu'il fiche ce maudit train, il est toujours en retard ! Vite que je puisse rentrer chez moi, je crois que je vais finir par me figer sur place ! ».

Comme le maire marmonnait ces plaintes, l'énorme locomotive à vapeur entrait en gare. Marcel ne savait pas trop comment reconnaître la nouvelle vieille folle que l'Académie lui envoyait. Il pensait que la première laideur qui se présenterait devant lui serait la bonne. Quelle ne fut pas sa surprise quand il s'aperçut qu'il n'y avait qu'une seule personne qui descendait du train ce matin-là. C'était une jeune femme au teint clair et à la peau douce et fine. Elle était très belle et le maire ne savait plus trop quoi faire. Finalement, il s'approcha d'elle et, d'une voix hésitante, il lui demanda :

— Heu, pardon, est-ce que c'est vous la nouvelle institutrice de Saint-Martial ?

— Oui, en effet, c'est bien moi, et vous, qui êtes-vous ?

— Oh ! excusez-moi, j'ai complètement oublié de me présenter. Hem, ve, voilà, je suis Marcel Chasse, le maire du village où vous venez d'être nommée. Je suis venu pour vous souhaiter la bienvenue et pour vous accompagner, ça fait une trotte jusqu'à chez nous. Heu, permettez-moi de vous dire mademoiselle que si j'avais quinze ans de moins et si je n'étais pas marié, je vous aurais bien invitée à faire une petite promenade dans nos collines !

— Tiens, Monsieur le maire est un beau parleur ! En tout cas, voilà une invitation originale. De là où je viens, on est plutôt habitué à être invité au restaurant ou au théâtre !

— Enfin, je suis un peu trop vieux pour ce genre d'escapade, c'est bien dommage. Mais, ne restons pas là, je ne voudrais à aucun prix qu'une si jolie maîtresse d'école attrape une congestion !

C'était vrai qu'elle était jolie, cette nouvelle institutrice. Vraiment rien à voir avec une vieille folle ! De son petit chapeau coulaient des cheveux bruns magnifiques. Elle avait des dents d'une blancheur incomparable qu'elle arborait en un sourire qui aurait désarmé n'importe quel homme. Elle semblait frêle et fragile dans son tailleur qui lui donnait un air un peu trop sévère, profession oblige ! C'était presque une enfant encore et pourtant, elle affichait une telle assurance dans sa démarche légère et élégante et dans sa façon de parler qu'elle en était presque impertinente. « Un sacré bout de femme ! » pensait le maire en souriant avec tendresse. Sa Louise avait été comme elle dans une antique jeunesse, avant d'abuser de certaines pâtisseries et autres gâteries qui l'avaient rendue un rien enrobée. Enfin ! il l'aimait toujours... mais, cette petite institutrice le rendait un brin mélancolique tout de même.

Tout en pensant à cela, le maire avait conduit la jeune femme dans l'automobile que le médecin du village voisin lui avait prêtée pour l'occasion. Arrivés à Saint-Martial, il avait conduit la jeune femme à la mairie-école. La partie droite du rez-de-chaussée du bâtiment était réservée à l'unique salle de classe, la partie gauche abritait le bureau du maire, tout heureux de se trouver tout proche de la nouvelle maîtresse. Tout l'étage était dévolu au logement de fonction de l'enseignant en poste au village. Son travail consistait à faire la classe à une trentaine d'élèves du bourg et des alentours. Marcel fit monter la nouvelle institutrice par un escalier situé entre le siège des deux administrations de Saint-Martial. L'escalier avait servi de ligne de démarcation entre deux camps ennemis, celui de la mairie et celui de l'Instruction publique depuis que cette institution était incarnée par la tyrannique et venimeuse Gertrude. Aujourd'hui, quelque chose disait au maire que le temps de la guerre entre l'École et la Mairie était fini ! En effet, il ne se rappelait pas avoir été aussi aimable avec un enseignant depuis qu'il avait quitté ses culottes courtes !

Il ouvrit la porte d'un vaste appartement qui constituerait le domicile de la nouvelle maîtresse. Il y avait un grand salon très bien éclairé par deux fenêtres qui donnaient sur une vue magnifique. On voyait l'imposante masse rocheuse que formaient les collines qui dominaient le village de toute leur hauteur. Il y avait également une jolie cuisine qui offrait par une petite fenêtre, un « fenestroun », comme on disait ici, une vue sur le centre du village avec sa fontaine et sa place bordée de platanes. Par-dessus les toits en tuiles rouges, la mer apparaissait. La dernière pièce était une belle chambre qui, comme le salon, donnait sur les collines. Dans chaque pièce, un poêle apportait une tiédeur qui fit un immense plaisir au pauvre maire transi de froid. Ses instructions avaient été suivies à la lettre et les lieux étaient propres et chauffés, prêts à accueillir leur nouvelle hôtesse. Elle fit le tour de son nouveau logis qui était presque trop grand pour elle et, se retournant vers le maire en souriant, déclara :

— C'est parfait, vraiment parfait. Je crois que je serai très bien ici.

— J'en suis sûr, répondit le maire. J'en suis sûr mademoiselle, heu, comment ?

— Ah ! oui, c'est vrai. Je ne vous ai même pas dit mon nom. Je m'appelle Jeanne Beauvais.

— Enchanté, vraiment enchanté ! Et bien, je crois que je vais vous laisser vous installer. Si vous avez besoin de quelque chose, je suis à votre disposition dans mon bureau, juste sous vos pieds. Vous ferez connaissance avec vos élèves demain matin. J'ai pensé qu'aujourd'hui, vous voudriez vous reposer un peu. Vous verrez, ils sont tous très gentils, à l'exception d'un seul qui est un peu turbulent, mon fils ! Avec lui, vous allez avoir du travail, c'est moi qui vous le dis ! Enfin, vous verrez bien demain matin. Allez, au revoir, Mademoiselle.

Il sortit de l'appartement et regagna son bureau tout en espérant une visite de cette personne qu'il trouvait vraiment délicieuse. À son grand regret, il n'y en eut pas. Elle devait être bien trop occupée à défaire ses affaires. Voyant que l'heure de manger approchait, il quitta son bureau et se dirigea vers la maison de village qui se trouvait juste en face, de l'autre côté de la place. C'était là qu'il habitait depuis sa naissance comme son père et son grand-père avant lui. À peine était-il entré qu'une voix de stentor s'éleva de la cuisine :

— Ah ! te voilà, gros fainéant, dépêche-toi de mettre la table que le petit va pas tarder de rentrer !

— Oui, ma colombe, tout de suite, dit le Grand Marcel, pétrifié qu'il était devant la toute puissance de sa femme, Louise.

On pouvait dire que si, au Conseil municipal, le Grand Marcel régnait en maître, chez lui, c'était légèrement différent. Louise était ce que l'on pouvait appeler dans bien des domaines une forte femme et, à la maison, c'était elle qui portait la casquette du commandant suprême. Aussi, Marcel s'empressa d'exécuter ce que sa femme lui avait demandé et il s'assit ensuite à la table familiale en gardant le silence. Peu après arriva son fils, Jeannot, grand garçon de douze ans passés qui tentait pour la seconde fois déjà d'obtenir son certificat d'études. Il était, comme disait la vieille Gertrude, un vrai petit démon. Aussi entra-t-il à la maison en chantant à tue-tête et les habits tout déchirés. En voyant ce spectacle affligeant, Marcel ferma les yeux quelques instants, attendant le torrent de remontrances que la voix toute puissante de Louise allait bientôt déverser sur la tête du gamin qui avait mis en lambeaux un costume tout neuf qu'elle avait acheté à la ville le samedi précédent. Et ce torrent ne fut pas long à couler. À peine Louise sortie de la cuisine pour accueillir son fils bien aimé, elle vit son état déplorable et elle poussa un cri qui dût s'entendre à l'autre bout du village !

Marcel mangea à la hâte pour pouvoir quitter le logis transformé en champ de bataille par une Louise en fureur. Il alla trouver refuge au bar, où, au milieu des odeurs d'anis du pastis et de celles plus lourdes du tabac des pipes et des cigares, Clovis et Marius étaient très occupés à jouer à la belote avec Édouard Giraud, le boucher de Saint-Martial. C'était un grand et bel homme à la moustache noire et fine. Large d'épaules, il avait développé une imposante musculature à force de découper des quartiers de bœuf. Il s'en servait souvent pour se faire respecter non sans brutalité dans tout le canton. Il était d'ailleurs réputé pour son mauvais caractère et ses fréquents emportements et plus d'un au village et dans les alentours avait dû passer chez le docteur Fernand qui se trouvait à une dizaine de kilomètres de là au village des Merlusses. Pas une quinzaine où il n'avait à rafistoler quelques gars qui s'étaient frottés d'un peu trop près à Édouard. En fait, il n'avait pas mauvais fond, mais il ne supportait pas qu'on le contredît. Il avait hérité ce caractère de son père, tout comme sa sœur qui n'était autre que Louise, la femme de Marcel. Aussi l'interpella-t-il avec la même voix de stentor propre à toute la famille.

— Dis, Marcel, c'est pas Louise que j'ai entendue de chez moi tout à l'heure ?

Comme le maire savait qu'Édouard habitait à l'autre bout du village, il ne put s'empêcher de paraître gêné.

— Moi aussi, je crois bien que je l'ai entendue, renchérit Clovis. Elle avait pas l'air contente !

— C'est à cause de Jeannot, il est rentré chez nous avec ses culottes toutes déchirées, alors elle s'est, comment dire, un peu emportée.

— Oui ! juste un peu, dit Marius. C'est pour ça qu'il a sacrifié la moitié de son repas pour venir nous tenir compagnie.

Tout le monde rit, ce qui mit Marcel en rogne. Aussi s'empressa-t-il de reprendre un semblant d'autorité en déclarant :

— Bon, ça suffit comme ça. Je suis venu vous annoncer que la nouvelle institutrice, Mademoiselle Jeanne, est arrivée ce matin au train de huit heures dix en gare d'Aubagne et que votre maire l'a accompagnée et introduite dans son nouveau logement de fonction. La classe pourra donc reprendre dès demain matin à huit heures trente.

— Oh là là ! « Mademoiselle Jeanne », siffla aussitôt Édouard en remarquant la déférence prise par le maire, ma parole, tu sembles t'être réconcilié avec les institutrices. Qu'est-ce qu'elle a donc de si incroyable pour qu'un changement aussi radical se soit opéré en toi ?

À ce moment-là, Papin qui regardait par la fenêtre du bistrot se retourna et dit :

— Elle a qu'elle est jolie comme un cœur !

Il venait de voir Jeanne traverser la rue en sortant de l'école pour aller à la boulangerie. Aussitôt, tout ce que le bar pouvait compter d'hommes se rua sur la fenêtre pour observer la nouvelle venue et les remarques commencèrent à fuser :

— Fan d'une, je pense un peu qu'elle est belle ! déclara Clovis, soufflé par la grâce de Jeanne, ça nous change de la vieille Gertrude.

— Ah ça, tu peux le dire. En plus, elle est sympathique, ce n'est pas comme la vieille folle, rétorqua le maire.

— Tiens, Monsieur le maire, je croyais qu'il fallait parler de la défunte avec respect, fit remarquer Papin. On dirait que la vue de cette exquise créature a fait perdre ses bonnes manières à notre Marcel moralisateur !

— Tais-toi donc et regarde ! lui signifia Édouard avec un air de dignité offensée. Elle est vraiment superbe. Moi, cela me donne l'envie de retourner à l'école !

— Et ben ! si ta femme t'entendait, elle serait contente ! dit Clovis.

— Et pourquoi donc ? C'est pas parce que je suis marié avec Simone que je peux pas profiter des splendeurs de la nature !

— Je dois dire que pour une fois, je partage entièrement ton point de vue, s'empressa de dire Marcel.

La jeune institutrice, ignorant qu'elle faisait l'admiration de tous les mâles du village, pour une fois tous d'accord sur un sujet, était entrée dans la boulangerie où elle dut attendre quelques minutes avant que Paulette ne descendît la servir tant elle était occupée à faire manger le petit dernier de la famille qui comptait déjà trois filles et deux garçons. Paulette, arrivée derrière le comptoir, regarda la jeune femme et fut elle-aussi saisie par sa beauté. Elle bredouilla :

— Euh, bonjour mademoiselle, excusez-moi d'avoir été un peu longue mais j'ai à m'occuper d'un enfant en bas âge.

— Oh, je comprends, ce n'est pas grave. Je viens vous demander s'il serait possible de vous payer le pain au mois, je viendrai le chercher tous les matins, alors je pense que ce sera plus pratique.

— Ah, parce que vous habitez le village ? Je ne vous ai pourtant jamais vue auparavant.

— C'est normal, je ne suis arrivée que depuis ce matin. Je suis la nouvelle institutrice. La réputation des villages m'a été trop exagérée, je croyais que mon arrivée avait déjà été ébruitée.

— Si c'est le cas, en tout cas moi, je n'ai pas été tenue au courant. Pour le pain, il n'y a pas de problème. Dites-moi seulement celui que vous désirez et je vous le garderai tous les matins.

— Ma foi, je voudrais bien un gros pain de campagne. En ville, il n'y en a pas et je trouve cela bien dommage.

— Très bien. Il n'y a aucun problème. Alors, l'école va enfin reprendre. C'est pas trop tôt ! Je commençais à en avoir assez de voir mes petits traîner dans la colline à longueur de journée ! Quand est-ce que la classe reprend que je puisse prévenir les autres mères d'élèves ? Car il ne faut pas compter sur ce fainéant de Marcel pour nous tenir au courant. À part aller rigoler au bar, le dimanche matin avec sa bande de mécréants, il n'est pas bon à grand-chose !

— Vous êtes peut-être un peu dure avec lui. Il m'a paru être très sympathique.

— Avec vous, alors ! rétorqua Paulette en regardant Jeanne avec insistance comme si elle lui reprochait d'être aussi belle. Mais avec les personnes du village, surtout celles qui vont à l'église, on peut pas dire qu'il soit très aimable ! La seule à l'avoir dressé comme il faut, c'est Louise, sa femme. Mais dès qu'elle a le dos tourné, il en fait de belle !

— En tout cas, pour répondre à votre question, l'école sera ouverte dès demain matin, dit Jeanne.

Et tout en écoutant en souriant la suite des potins du village, elle ouvrit son porte-monnaie afin de payer son pain pour le mois à venir.

— Bon, je vais vous établir une fiche à votre nom pour savoir combien de pains vous m'avez acheté, comme ça, je pourrais vous rendre la monnaie si par hasard vous ne veniez pas une fois ou deux.

Jeanne comprit bien que cette démarche n'était en fait destinée qu'à renseigner la curieuse Paulette sur son identité sans qu'elle n'ait besoin de la lui demander expressément. Elle se soumit à cette procédure avec une pointe d'amusement en se disant qu'à tout bien réfléchir la réputation des villages n'était pas si exagérée et comme pour lui donner raison, Paulette ne put s'empêcher de lire par-dessus l'épaule de la jeune institutrice au fur et à mesure que celle-ci inscrivait ses coordonnées sur la feuille de papier chiffonnée qu'elle lui avait tendue :

— J-e-a-n-n-e B-e-a-u-v-a-i-s, voilà, c'est parfait, merci, Mademoiselle Beauvais, au plaisir de vous revoir.

Jeanne retraversa la rue de Saint-Martial et pénétra dans ses appartements pour préparer sa rentrée scolaire, cinq mois en retard sur ses autres collègues. Elle ne remit plus un pied dehors au grand dam de tous ces messieurs installés au bar et qui n'attendaient que de revoir apparaître celle qui n'allait pas tarder à devenir le sujet de fierté, de jalousie, de disputes et de fantasmes de tout le village. En effet, peu de villages pouvaient se targuer d'avoir une institutrice aussi jolie. En général, chaque bourg avait sa vieille Gertrude et quand elle partait à la retraite ou qu'elle mourait, elle était remplacée par une autre vieille peau du même genre. Là, c'était vraiment différent !

Jeanne était la fille d'un modeste ouvrier. Elle avait réalisé son rêve en devenant institutrice. Le jour où elle était sortie première de l'École Normale, sa mère avait été folle de joie. Son père, lui, était mort quand elle avait trois ans. Il était tombé un matin bleuâtre de juillet 1918 après avoir reçu une balle en plein cœur au début de la deuxième bataille de la Marne. C'était la fin de la guerre, la Grande, celle de 14-18. Puis, ce fut sa mère qui la quitta, atteinte de la tuberculose après avoir trop souvent travaillé dans l'humidité et le froid durant sa jeunesse passée dans des fermes insalubres à l'isolation des plus précaire. Elle s'était éteinte quelques années après que Jeanne fût devenue institutrice. Seule au monde, n'ayant plus de famille, elle avait quitté sa Gironde natale et avait échoué dans cette Provence de la fin de 1938. Après le chagrin que lui avait causé la mort de ses parents, elle avait besoin de tourner la page et le petit village dans lequel elle venait d'être mutée semblait idéal pour recommencer une nouvelle vie en essayant d'oublier les malheurs que l'existence avait déjà mis sur sa route. Elle était donc fermement décidée à se consacrer tout entière à l'éducation de tous les garnements que Saint-Martial pouvait compter.

III

Le soleil diaphane et pâle de l'hiver se levait sur la colline sauvage et la vie peu à peu reprenait ses droits sur les noirceurs et les profondeurs de l'obscurité nocturne. Cette nuit-là, Lourseau, aux prises avec une de ses violentes crises de douloureuse nostalgie qui l'entraînaient souvent aux portes de la folie, était resté, malgré le froid qui lui tiraillait les reins, à regarder la lune échevelée de nuages noirs qui couraient autour d'elle emportés par le vent d'autan. Le jour se levait maintenant et pourtant, dans sa tête, comme s'il était sous l'emprise d'un puissant narcotique, un brouillard de plus en plus épais le privait encore de tout sens commun. Il se sentait emporté par des images provenant des délires de son imagination. Il les sentait si proches, si vraies, qu'il rentrait en frénésie de ne pas pouvoir les palper et de se prouver qu'elles n'étaient pas le fruit de son esprit dérangé. Il était habité du spectre d'une femme douce et belle qui tournait autour de lui et l'enfermait dans un cercle de feu et de douleurs insoutenables. Son âme hébétée donnait arbitrairement des couleurs à ses souvenirs. Ils étaient roses pour la douceur conjugale. Alors, le cœur de Lourseau, endurci par le chagrin, s'attendrissait pareil à une éponge sèche que l'on mouille. Mais alors qu'il se trouvait dans cette ambiance douce et presque sensuelle, le noir d'autres souvenirs, le gris de celui de la mort venaient le cueillir pour le torturer. Au début, il ne pouvait pas s'empêcher de hurler à la mort comme un loup blessé. Puis, avec le temps, il avait réussi à mieux se maîtriser. Aujourd'hui, après toutes ces années, plus rien de son visage impénétrable de sphinx ne laissait transparaître les terribles séismes qui ébranlaient son système nerveux.

Revenu à un calme tout relatif, Lourseau alla s'étendre sur sa paillasse et tomba dans un sommeil semi-comateux qui se prolongea jusqu'au début de l'après-midi. Il se réveilla péniblement et tenta de se remémorer le cours des derniers événements. Il se rendit alors compte qu'il était urgent qu'il fît la tournée de ses pièges sans quoi les renards auraient tôt fait de dévorer ce qui constituait l'une de ses seules sources de subsistance. Cette promenade au grand air de la garrigue et des maquis lui permit de réfléchir sereinement à sa condition et cela lui fit presque plus de mal que sa crise de nerf de la nuit précédente. La question à laquelle son cerveau s'épuisait était toujours la même : pourquoi ? Il tentait de légitimer son sort en s'inventant des responsabilités, des péchés qu'il aurait commis et que même les religions les plus strictes auraient trouvés ridicules et non fondés. Ces réflexions ne le faisaient pas plus évoluer que les crises d'hystérie. Au bout du compte, il en revenait toujours à un incessant repli sur le passé et sur lui-même…

Jeanne était en train de faire faire une dictée à ses élèves en ce début d'après midi de mars. Cela faisait déjà trois bonnes semaines qu'elle s'était installée. Le contact avec ses nouveaux élèves l'avait enthousiasmée. Il y avait parmi eux quelques brillants éléments qu'elle présenterait sans doute à la fin de l'année à l'épreuve du certificat d'études. Il y avait aussi un groupe de fortes têtes dirigé par le fils du maire, Jeannot, qui était bien le garnement que son père lui avait décrit. Jeanne espérait bien, d'ici à la fin du trimestre, faire en sorte qu'il s'assagisse un peu car elle sentait qu'en fin de compte, il n'avait pas mauvais fond ; il souffrait juste d'un défaut qui devait être congénital : la flémingite aiguë ! Toujours est-il que loin de se calmer, le petit Jeannot se curait consciencieusement le nez pendant que sa maîtresse s'égosillait sur une fable de la Fontaine que tous les enfants retranscrivaient sous sa dictée le plus fidèlement qu'ils pouvaient vu leur niveau désastreux en orthographe. Tous, sauf Jeannot. Lui, il considérait que l'exercice qui consistait à recopier bêtement les paroles d'un homme mort depuis si longtemps était complètement stupide. Il ne trouvait pas indispensable de faire comme le reste du troupeau et arborait avec fierté à qui voulait bien le regarder la page désespérément blanche de son cahier. Sa fierté fondit néanmoins comme neige au soleil lorsqu'il s'aperçut que les autres membres de sa bande de chenapans n'avaient pas osé défier l'autorité toute puissante de Jeanne et s'étaient soumis à la corvée haïe de la dictée quotidienne malgré tous les efforts que Jeannot avait pu entreprendre lors de la récréation pour les convaincre de ne pas céder à la dictature imposée par la représentante du corps professoral. Se voyant pris sous les regards convergents des élèves avides d'assister à l'affrontement inévitable qui allait avoir lieu et sous celui de Jeanne, excédée de son manque total de discipline, il ne parvint qu'à murmurer entre ses dents :

— Bande de lâches, je vous aurai !

Il reçut ensuite au visage les âpres remontrances de l'institutrice, accompagnées de quelques gifles et autres calottes bien placées. Pour ceux qui s'offusqueraient d'un tel comportement de la part d'une fonctionnaire de l'Instruction publique, il faut signaler que, devant le cas quasi-désespéré que constituait son fils, le maire avait donné à Jeanne les pleins pouvoirs sur lui. Elle disposait ainsi, en plus de l'arsenal habituel des punitions, des fessées et des gifles et elle ne se privait pas de les lui distribuer pour rétablir l'ordre que depuis presque un mois il s'ingéniait à troubler dans la classe. Au début, elle avait hésité à employer la manière forte. Puis, elle avait constaté qu'avec Jeannot c'était le moins que l'on pouvait infliger comme punition au regard de son comportement inqualifiable.

— Tu n'as pas un peu honte de te comporter comme un voyou ? lui dit Jeanne, hors d'elle devant l'affront que Jeannot venait encore de lui faire en refusant de prendre la dictée.

— Ah ! Tu t'en fous ! Et bien, prends ça !

Et elle lui asséna sur la caboche une forte tape qu'il essaya d'esquiver sans succès, en se cachant sous son pupitre. Il se releva d'un coup, regarda l'institutrice droit dans les yeux sans que l'on pût déceler le moindre signe de peur ou de faiblesse et il lui dit :

— Oui, j'en ai rien à foutre de l'école. Moi, je veux vivre comme le fada, tout seul dans la colline.

— Ouais, sauf que pour vivre comme lui, il faut avoir un bon paquet d'argent de côté et que toi t'as pas le rond, lui rétorqua Léon, un des meilleurs élèves de la classe.

— Qu'est-ce que t'en sais, toi ? Espèce de fayot !

Plus soucieuse d'éviter un pugilat à l'intérieur de sa classe que de savoir qui était au juste ce mystérieux fada, Jeanne trouva bon de s'interposer entre les deux enfants. Elle le fit à l'aide d'une voix si forte qu'elle les fit taire instantanément tant ils se trouvèrent surpris qu'une personne à l'apparence si fragile puisse posséder un tel organe vocal. Jeannot qui estima la voix de l'institutrice au moins aussi puissante que celle de sa mère, se tourna vers elle et la regarda avec de grands yeux. Jeanne, satisfaite de l'effet qu'elle avait produit et du calme qu'elle avait restauré dans la classe, alla, telle une reine contente de la soumission silencieuse de ses sujets, s'asseoir sur son trône, perché sur l'estrade en bois.

— Bon, maintenant que tu t'es calmé, Jeannot, approche-toi et dis-moi de quel fou tu veux parler.

— C'est un homme qui vit tout seul dans la colline. Mon père m'a dit que ça faisait dix ans qu'il était là-haut et qu'il n'avait parlé à personne au village. Comme quoi, on peut très bien vivre sans savoir toutes les couillonnades que vous voulez nous apprendre !

— Tu te trompes, Jeannot et je crois que ce que dit Léon est plein de bon sens. Que cet homme veuille vivre retiré du monde, c'est son droit le plus absolu et je suppose que sa décision a été mûrement réfléchie et doit pouvoir s'expliquer par les déboires que, malheureusement, certains d'entre nous connaissent à un moment donné de leur vie. Mais, pour vivre ainsi, il faut nécessairement que cet homme soit sinon riche, du moins assez aisé pour se permettre de ne pas travailler. Pour cela, il faut qu'il ait durement travaillé une bonne partie de sa vie et donc qu'il ait reçu une solide instruction pour prétendre occuper un travail qui lui a permis par la suite de se retirer de la société sans mourir de faim.

— Et pourquoi ? dit Jeannot, il n'a pas besoin d'argent pour manger puisqu'il cultive sûrement un potager, qu'il chasse et qu'il braconne toute l'année.

— Et le pain ? Comment il fait pour l'acheter le pain, hein, espèce d'andouille ? lui répliqua Léon, fortifié dans son premier jugement par ce qu'avait dit la maîtresse.

— Pourquoi dis-tu cela, Léon ? Tu veux dire que cet homme vient acheter son pain au village ? demanda Jeanne afin de calmer la dispute latente entre les deux enfants.

— Oui, maîtresse, environ une fois par semaine. Il vient et achète un pain de campagne à mon père sans jamais dire un mot. Il paraît que c'est comme ça depuis dix ans.

— Tu vois, Jeannot que si pour toi l'argent ne doit pas être ta source d'intérêt principal, il n'en demeure pas moins qu'il contribuera à t'apporter un confort vital indispensable, ne serait-ce que pour acheter ton pain quotidien ou pour te vêtir.

— C'est vrai que cet homme a toujours des habits propres, convint Jeannot.

— Tu vois, c'est bien ce que je te disais, lui expliqua Jeanne. Même lui a besoin d'argent et pour cela, il a fallu qu'il travaille, comme toi tu devras le faire et ce quel que soit le mode de vie que tu choisiras et pour cela, il faut que tu commences par obtenir des résultats à l'école et ce n'est certainement pas en ne faisant pas ta dictée que tu y parviendras. Allez, pour tout le monde, on reprend au dernier vers. Toi, Jeannot, laisse la place et prends la suite avec nous. Je te ferai reprendre le début pendant la récréation, tu veux bien ?

— Oui, maîtresse.

— C'est bien. Tu es un brave garçon ! Allez, tout le monde à son porte-plume, je dicte la fin : « *D'argent, point de caché. Mais, le père fut sage de leur montrer, avant sa mort, que le travail est un trésor.* » À la ligne, Jean de la Fontaine, *Le Laboureur et ses enfants*. Apportez les cahiers à mon bureau et on passe à la leçon de calcul. Vite, dépêchez-vous, on va être en retard ! Mettez-les en pile sur mon bureau. Bon, qui veut me réciter la table de multiplication de neuf ? Les petits, pendant ce temps, revoyez les additions…

IV

Lourseau épaula son fusil et tira sur le lièvre qui venait de surgir d'un taillis de romarin arborescent. L'animal fit une pirouette en l'air quand les plombs lui fracassèrent la nuque puis, il retomba sur le sol sans faire un mouvement. Lourseau alla le ramasser et le mit dans son carnier où se trouvait déjà un perdreau. Pour aujourd'hui, cela suffisait. La chasse avait été bonne. Il n'avait pas à se plaindre, ce n'était pas tous les jours pareil. De temps en temps, il achetait du gros sel dans lequel il conservait un peu de viande pour pouvoir faire face aux jours où il ne pouvait pas aller chasser à cause du froid qui était parfois très sévère, l'hiver, dans les collines, ou à cause de la canicule qui y sévissait l'été. Ces réserves étaient d'autant plus nécessaires qu'il arrivait, bien qu'il fût un excellent chasseur, qu'il ne trouvât pas de gibier. Aussi ne faisait-il pas souvent des repas pantagruéliques. Aujourd'hui, il était content car le produit de sa chasse lui permettrait en cette période de grand froid de ne pas aller à nouveau battre les maquis à la recherche de quelque chose de comestible avant un petit moment.

Au début de son installation, les choses n'avaient pas été faciles. Il n'avait campé que quelques fois en rase campagne. Il avait donc fallu s'adapter à ce nouveau mode de vie et cela ne fut pas évident du tout. Souvent, il avait eu envie de renoncer et de retourner vers la ville. Mais, sa fierté et surtout les sentiments amers que lui causait le monde des hommes l'avaient poussé à s'organiser de façon à ce qu'il ne mourût pas de faim et qu'il pût même prétendre vivre d'une manière relativement confortable. Maintenant, tel un vieux grizzli solitaire, il s'était parfaitement fait à son milieu et en était même arrivé à l'idolâtrer, comme on aime une personne aux abords difficiles et qu'il faut mériter. Il avait acquis un très grand respect vis-à-vis des collines parce ce que c'étaient elles qui le faisaient survivre et aussi parce que leur univers hostile qu'il essayait sinon de dominer, du moins de maîtriser forçait au respect.

Souvent, il avait eu à faire face aux colères de la reine colline et de ses fidèles chevaliers que sont le mistral, au souffle si puissant qu'il avait mis par deux fois sa cabane à bas et l'orage, qui maintes et maintes fois avait ruiné son potager. Face aux éléments déchaînés ou à la sécheresse, comme les paysans impuissants en voyant disparaître le fruit de leur labeur, il s'était forgé une philosophie de la précarité et se soumettait au bon vouloir du ciel pour lui assurer de quoi vivre. Il dépendait des cieux et sa condition était bien souvent plus difficile encore que celle du plus pauvre des métayers. Toutefois, malgré toutes les difficultés qu'il devait affronter, il était parvenu assez vite à s'imposer dans cet univers où personne ne vivait, où les autres ne faisaient que passer pour chasser, braconner ou cueillir des champignons. Lui vivait là et sans recevoir l'aide de quiconque.

Alors que Bernard revenait vers sa cabane, satisfait de sa chasse, il traversa une petite clairière dans laquelle, en automne, il ramassait souvent de délicieux safranés. Il ne risquait pas de se les voir ravir par les villageois, vu que ces lieux étaient la plupart du temps totalement déserts. Pourtant, alors qu'il prenait garde de ne pas s'enfoncer dans les bourbiers que les dernières pluies avaient engendrés ici ou là, il remarqua par terre quelque chose d'insolite dans ce lieu abandonné des hommes et de leur civilisation. Un livre ! Intrigué, il se pencha pour le ramasser et, voyant que sa couverture n'était pas détrempée, il en déduisit qu'il ne devait se trouver là que depuis une semaine tout au plus. Il le tourna, le retourna, examina chacune des pages avec l'attention de l'homme de lettres qu'il était resté. Il sourit en voyant le titre et le nom de l'auteur, *Le Diable au Corps* de Radiguet. Puis, il le referma, le mit dans une de ses poches et reprit son chemin. Tout en marchant, il se posait des questions. Qui était donc le propriétaire de ce symbole d'une société qu'il voulait rejeter et qui le poursuivait jusqu'au fond de ces lieux pourtant hostiles à l'Homme ? La main qui avait apposé des annotations à l'encre bleue dans la marge de certaines pages était sans aucun doute celle d'une femme. Ce livre appartenait donc à une femme ? La pertinence des commentaires qu'elle apportait à l'œuvre de Radiguet dénotait une intelligence et une culture hors du commun. La femme qui possédait ce livre détenait donc aussi une solide instruction ? Plus Lourseau réfléchissait à ce problème inattendu que le hasard venait de lui poser, plus il en était intrigué. Il avait beau essayer de se remémorer chaque personne du beau sexe qui habitait le village, il ne voyait personne qui aurait pu posséder un tel livre et y apporter des critiques aussi intelligentes. Peut-être la vieille Gertrude ? Mais, elle n'aurait jamais mis les pieds dans un endroit pareil et puis, son âge avancé n'aurait pas admis qu'elle lise un tel livre. De plus, sa sacro-sainte morale puritaine empêchait totalement qu'elle eût développé en parallèle de l'œuvre des critiques et des idées aussi résolument modernes !... et puis, il se souvenait maintenant qu'elle était morte depuis peu. Après un certain temps de réflexion, Bernard en était donc arrivé à la conclusion que ce livre appartenait à une jeune femme intelligente cultivée et libre d'esprit, récemment arrivée au village. Le temps que lui avait pris ce raisonnement lui avait permis de regagner sa cabane. Il entra, sortit le livre de sa poche, le posa dans un coin et décida de ne plus y penser.

Ce matin-là, Jeanne entra dans sa classe de très bonne humeur. Elle pria presque aussitôt les élèves qui s'étaient levés en silence en la voyant entrer de s'asseoir et de sortir leurs affaires. Une fois que cela fut fait et que le silence revint, elle leur dit qu'ils pouvaient se dispenser d'apporter leurs cartables l'après-midi car elle organisait une sortie dans la nature pour faire une leçon de choses. Peu habitués à ce genre de pratiques et de méthodes pédagogiques par l'antédiluvienne mademoiselle Gertrude, les enfants furent bouche bée d'étonnement. Jeanne leur dit :

— Allons, ne me regardez pas comme des merlans frits !

Cette expression provoqua l'hilarité de toute la classe. Jeanne était tellement contente qu'elle ne put s'empêcher de rire aussi.

— Calmez-vous, calmez-vous ! leur dit-elle au bout d'un certain temps, il faut à présent reprendre le travail. Allons, ouvrez votre livre de français à la page 48 et lisez la leçon numéro 140 sur la voix active et la voix passive.

L'après-midi tant attendu par les élèves de Saint-Martial était enfin arrivé. Jeanne, qui, depuis qu'elle se trouvait au village, avait eu le temps de se familiariser avec les alentours, décida de conduire sa classe près d'une mare située à l'entrée du bourg et que les dernières pluies avaient grossie tant et si bien qu'elle ressemblait à un véritable lac. Là, elle commença à faire à ses élèves une leçon de choses sur les petits habitants des fleuves et ruisseaux de France, comme disait si bien le petit manuel dont elle se servait pour combler avec élégance les lacunes de ses connaissances en la matière. Alors qu'elle s'évertuait à décrire et à faire découvrir aux enfants de Saint-Martial une foule de petites bestioles dont elle ne connaissait jusqu'à ce jour pas même l'existence, elle ne se doutait pas qu'à quelques mètres de là, innocemment dissimulé derrière un bouquet de joncs, Édouard Giraud assistait lui aussi, mais clandestinement, au cours magistral de l'institutrice, bien moins intéressé par les noms compliqués d'animaux qu'elle prononçait que par la grâce avec laquelle elle dispensait son savoir aux jeunes générations du village ! Il était venu en ce lieu, comme à son habitude en pareille saison, pour satisfaire à un de ses plus grands plaisirs, la pêche ! Cependant, avec l'arrivée incongrue et inattendue de la jolie institutrice, et accessoirement pour lui, de sa classe, taquiner le poisson céda vite à ce à quoi il était occupé depuis déjà un bon quart d'heure, l'observation de celle qui en quelque temps était devenue le centre de préoccupation de tout le village. Brûlant d'envie de profiter de la chance qui lui était offerte de pouvoir entrer en contact avec « la belle Mademoiselle Jeanne », comme avaient pris l'habitude de la nommer les hommes du bistrot, il chercha avec empressement un prétexte pour pouvoir sortir de sa cachette et engager la conversation avec la jeune femme. Trouvant soudain le sujet rêvé, il décida de se jeter à l'eau et de franchir les quelques mètres qui le séparaient du groupe d'élèves et de leur institutrice.

— Bonjour, Mademoiselle ! Dites-donc, c'est une sacrée surprise de vous retrouver ici. Qu'est-ce que vous faites ? demanda-t-il avec un air un peu emprunté qui le faisait ressembler aux enfants qui l'entouraient.

— Et bien, je fais découvrir à nos jeunes bambins le monde insoupçonné et fascinant des petits animaux des mares, dit Jeanne avec un grand sourire aux lèvres, amusée qu'elle était de voir un tel géant gêné et même craintif face à elle.

— Oh, c'est du sérieux alors. Je suis désolé de vous avoir dérangée. Je crois que je vais retourner pêcher, dit confusément Édouard, complètement déstabilisé par l'assurance de cette presque enfant qui n'essayait même pas de dissimuler qu'elle se moquait de lui.

Jeanne avait toujours créé, presque malgré elle, une atmosphère magique autour de sa personne. Toute petite déjà, il suffisait qu'elle parlât, qu'elle regardât droit dans les yeux ses interlocuteurs, masculins ou féminins, de n'importe quel âge, pour avoir un ascendant sur eux. Peu à peu, avec le temps, elle s'était rendu compte de ce phénomène et l'avait cultivé au point de posséder à présent un charme capable de désarmer même le plus hostile. Il suffisait qu'elle parlât pour qu'on l'écoutât aussitôt et que les hommes ou les enfants se sentissent attirés par elle, alors qu'elle récoltait le plus souvent le regard froid, empli de jalousie et de crainte des femmes.

Et c'est justement ce charme qui était en train d'opérer sur l'esprit d'Édouard Giraud. Jeanne, inconsciemment soucieuse de maintenir cette atmosphère et cette emprise sur le boucher, le pria de rester encore un peu en lui décochant un autre sourire dévastateur pour n'importe quel cœur d'homme et en lui disant :

— Vous ne me dérangez pas, cher Monsieur. Je viens juste de leur donner des croquis de plantes d'eau à faire et je pense que ça les tiendra tranquilles un moment !

Édouard, sentant soudain la chance lui sourire, trouva l'inspiration et sauta sur l'occasion :

— Et bien, écoutez, tant mieux. Cela va me permettre de vous dire quelque chose qui pourrait s'avérer importante par la suite.

— Si c'est au sujet de votre petit Nicolas, ne vous en faites pas ! Il travaille très bien et je compte pouvoir le présenter dès l'année prochaine au certificat d'études, dit soudain Jeanne, coupant Édouard dans son élan.

— Non, bredouilla Édouard, encore une fois plongé dans la confusion par l'assurance et le regard pénétrant de la jeune maîtresse d'école. Non, il ne s'agit pas du petit, il s'agit de vous.

Devant l'étonnement de Jeanne, il s'arrêta un instant, la regarda avec un petit sourire gêné et poursuivi :

— Voilà, au bar, on s'inquiète tous un peu pour vous. C'est pas qu'on vous suit ou qu'on vous espionne, ça non, hein ! Mais, l'autre dimanche, Papin, comme c'était son jour de fermeture et qu'il était en train de chasser dans la colline sur le vallon d'en face, il vous a aperçue, vous promenant entre les taillis du plateau du Solitaire, un peu en dessous du rocher de la Grosse Tête.

— Ah, oui, c'est vrai, je cherchais des fossiles pour décorer l'intérieur de ma classe. Y aurait-il un problème ? Ce terrain serait-il privé ? Dans ce cas, vous me voyez bien confuse, mais, comme je n'ai pas vu de clôture, je me suis permise d'y entrer, prononça Jeanne, visiblement inquiète d'avoir transgressé une des lois du village, lois qu'elle ne connaissait pas toutes encore.

— Non, non, c'est pas ça du tout, s'exclama Édouard avec un grand sourire de sympathie, cherchant à être réconfortant. C'est pas ça du tout, vous savez, là-haut, ça appartient à personne et à tout le monde à la fois. On y va pour chasser ou pour cueillir des champignons. Nous autres, au village, on peut rien y faire pousser. Dès qu'on creuse un peu la terre, on tombe sur la roche et puis, y a pas d'eau ou alors une source grosse comme le petit doigt tous les dix kilomètres. Non, mais, c'est que nous autres, on a peur qu'à trop vous promener là-haut toute seule, vous tombiez sur le fada et que… enfin, vous comprenez ? Une femme seule, sans défense face à un homme redevenu aux trois quarts sauvage, parce qu'on me dira ce qu'on voudra, vivre comme ça, retiré du monde pendant dix ans, c'est pas possible que ça vous détraque pas un homme, déjà que moi, après deux ans de régiment, j'avais l'impression de devenir fou quand je pensais à… enfin, vous comprenez ? Alors dix ans sans rien ! C'est une bête en liberté qui se trouve là-haut, c'est moi qui vous le dis ! Voilà mon opinion et le maire est bien gentil de tolérer aux abords de la commune une telle présence. Enfin, c'est sa responsabilité, pas vrai ? Il doit savoir ce qu'il fait. Mais, nous autres, sauf votre respect, Mademoiselle Jeanne, on voudrait pas qu'il vous arrive des ennuis. Alors, comme à cause du maire, on peut pas le faire partir le fada de là-haut, on voulait vous avertir pour que vous fassiez attention, vous comprenez ? On vous connaît pas encore très bien, mais on voudrait pas vous perdre !

Édouard avait dit tout cela d'une seule traite sur un ton tantôt gêné et emprunté, tantôt énervé, en regardant par terre, en dansant d'un pied sur l'autre, sauf pour la dernière phrase qu'il avait prononcée en relevant la tête et en fixant Jeanne avec un regard qui trahissait les passions secrètes et inavouables qui naissent parfois dans l'esprit des hommes de ces contrées et qui s'évanouissent aussitôt qu'ils sont de retour dans leurs foyers tenus par des femmes sans merci qui, quand elles accrochent un homme, ne le laissent partir que les « pieds devant », un matin d'hiver, après une vie de durs labeurs, d'amour raisonnable et de passions secrètes.

— Je vous remercie de toutes ces recommandations et j'essayerai d'être plus prudente à l'avenir et croyez bien que vos attentions à mon égard, même si je doute qu'elles soient vues d'un très bon œil par toutes, me touchent beaucoup.

Et c'est vrai qu'elle était touchée, Jeanne, émue même par tant de gentillesse. Elle avait l'impression depuis qu'elle était dans ce village d'avoir été prise en charge par une sorte de grande famille, de grande tribu qui l'avait tout de suite adoptée. Du moins, était-ce le cas des hommes. La confiance des femmes viendrait sans doute plus tard, mais elle ne doutait pas qu'elle viendrait. Tout ce qu'on avait pu lui dire en ville sur la mentalité dans les villages avec leur atmosphère de mesquinerie et de commérages malsains était faux. Elle s'en rendait bien compte maintenant. Elle s'en voulait d'avoir eu tous ces préjugés contre ceux qu'en ville on nommait avec mépris « les gens de la campagne ». Elle comprenait bien maintenant que tout ce que voulaient ces gens, c'était la connaître mieux pour pouvoir l'apprécier à sa juste valeur et l'inclure ou l'exclure du clan et elle était fière de sentir qu'elle était sur le point de réussir l'examen de passage. Déjà, les bonjours autour d'elle se faisaient plus nombreux et plus chaleureux. Et puis, il y avait maintenant cette conversation avec le boucher pleine de simplicité et d'innocence, mais aussi débordante d'affection et de sincérité. Jeanne, qui avait perdu sa famille trop tôt était comblée par l'ambiance de sécurité que peu à peu Saint-Martial créait autour d'elle. Cependant, quelque chose l'intriguait au plus haut point. C'était le mystère de ce fameux « fada » qui par deux fois déjà avait éveillé sa curiosité naturelle. Il semblait d'après le boucher faire peser sur le village la menace d'un malade mental en liberté et ne constituait apparemment pour le maire aucune espèce de danger. Comme elle voulait en savoir plus et qu'elle ne savait pas au juste à qui demander, elle mit sur pied le raisonnement suivant : si le « fada » fait peur à ce point à ce grand gaillard d'Édouard Giraud et à sa bande de joyeux drilles, c'est qu'il reste pour eux mystérieux et que donc ils ne le connaissent pas et que fatalement ils ne peuvent représenter pour elle qu'une maigre source de renseignements. Par contre, si le maire considère qu'il ne représente aucun danger pour ses concitoyens et qu'il n'use pas de ses pouvoirs de police pour le faire partir, c'est qu'il a confiance en lui et que donc, il le connaît. C'est donc au maire qu'il fallait qu'elle allât demander un complément d'informations sur cet homme sans visage, sans histoire et semblait-il sans avenir. Elle en était arrivée là de ses réflexions quand les cris des enfants, qui avaient fini leurs croquis, la tirèrent de ses pensées. Alors, voyant que l'heure de rentrer approchait, elle tapa dans ses mains pour les faire mettre en rang et ils se dirigèrent en silence et en ordre vers l'école.

Après que les élèves furent partis, Jeanne, toujours très intriguée par cette histoire de solitaire des collines, décida de franchir le pas et de tenter de trouver quelques renseignements auprès du maire. Elle effaça le tableau noir sur lequel était encore écrit l'énoncé d'un problème visant à calculer le volume de la mare à partir de données mathématiques provenant de la pure imagination de la jeune institutrice, puis elle rangea méticuleusement ses affaires dans le bureau de sa classe, sortit et ferma soigneusement la porte à clef. Elle traversa alors le petit hall qui la séparait du bureau du maire. Arrivée à la porte en chêne massif derrière laquelle se trouvait le premier magistrat de la commune, Jeanne s'apprêta à empoigner le heurtoir en bronze afin de s'annoncer. Elle l'avait déjà soulevé quand elle hésita. N'était-il pas encore trop tôt ? Ne devait-elle pas attendre encore un peu avant d'essayer de forcer ce qui semblait être un des secrets de ce village ? Elle reposa délicatement le heurtoir et se dirigea sans bruit vers l'escalier qui conduisait à ses appartements. Sur le mur d'en face, à côté de la porte de sa classe, il y avait un grand miroir au cadre en bois doré et aux motifs surchargés semblant imiter de façon maladroite le style baroque. C'était la vieille Gertrude qui en avait fait don au bâtiment et qui l'avait mis en face de la porte du maire afin que, disait-elle, celui-ci vît, chaque fois qu'il désertait son poste pour aller au bistrot, le visage de l'immoralité. Pendant vingt ans, le miroir avait voyagé d'un mur à l'autre, le maire le mettant à côté de sa porte chaque fois que Gertrude était en classe afin qu'elle-même vît en sortant le visage de l'intolérance. Ironie du sort ou volonté du Destin, il semblait bien que ce fut Gertrude qui eût le dernier mot puisque l'ultime place du miroir à la mort de la vieille acariâtre était sur le mur près de sa porte, en face du bureau du maire. Marcel, de peur de paraître mesquin n'osa pas déplacer ou se débarrasser de ce miroir hideux, espérant que ce fut la nouvelle institutrice qui s'en chargerait. Pour le moment, elle était loin de songer à changer la décoration d'un lieu qu'elle considérait comme l'un des temples de Saint-Martial. Elle hésitait même encore à demander un renseignement au maire de la commune. Ce n'était pas le visage de l'intolérance ou celui de l'immoralité que Jeanne contemplait sur le verre crasseux du miroir, mais celui de la perplexité et de l'incertitude. C'était la première fois depuis qu'elle était arrivée dans ce village qu'elle se trouvait en proie au doute. Est-ce que perdue dans sa contemplation, Jeanne pensait à ses longues et âpres études durant lesquelles elle avait plus d'une fois douté ? Est-ce qu'elle se rappelait les cruelles incertitudes de sa mère lorsque son père était au front et qu'il ne donnait plus de nouvelles ? Son hésitation présente rappelait à Jeanne trop de mauvais souvenirs. Maintenant, elle était seule dans la vie. Maintenant, elle était femme et institutrice. Elle dispensait le savoir, avait des responsabilités. Elle ne voulait pas garder en elle des hésitations de petite fille. Il fallait qu'elle fût forte, sûre d'elle, du moins qu'elle le fît croire. Aussi, elle prit une longue inspiration, fit brusquement demi-tour, frappa à la porte du maire et sans attendre le cérémonial : « Entrez » de Marcel, franchit le seuil rapidement. Le Grand Marcel, surpris par cette brusque intrusion à laquelle il ne s'attendait pas, se leva d'un bond et tâcha de dissimuler à Jeanne ce à quoi il était occupé en glissant sous une pile de dossiers poussiéreux le journal *L'Humanité*. Il présentait maintenant à la jeune femme une figure où se mêlaient gêne, étonnement et satisfaction de voir enfin l'institutrice faire un premier pas vers lui. En effet, et ce par pur hasard de circonstances, depuis son arrivée au village, Jeanne n'avait plus revu

Marcel et ce dernier pensait l'avoir offensée avec le semblant de cour qu'il lui avait faite en l'accueillant. Jeanne avait maintenant retrouvé toute son assurance. Elle s'avança jusqu'au bureau et tout en lançant un de ses sourires dévastateurs demanda à Marcel :

— Puis-je m'asseoir ? J'ai quelques renseignements à vous demander.

— Heu ! Bien sûr, de quoi s'agit il ? dit le maire en tentant d'imprimer à sa voix toute l'autorité et tout le sérieux que sa haute fonction nécessitait.

Tout en se laissant couler dans l'un des deux fauteuils défraîchis qui faisaient face au bureau du Grand Marcel, Jeanne entra immédiatement dans le vif du sujet :

— Eh bien, voilà, j'ai eu tout à l'heure une conversation avec notre boucher qui m'a un peu intriguée…

— Avec Édouard, s'écria presque le maire en interrompant la jeune femme. Il est venu vous voir dans votre classe !

Marcel lança à Jeanne un regard rempli de soupçons envers son premier adjoint. Il s'apprêtait à épancher sa colère et sa jalousie en déclarant qu'une salle de classe n'était pas un endroit pour un boucher lorsque Jeanne, soucieuse d'en venir au plus vite au cœur du sujet, s'empressa de dire :

— Non, il n'est pas venu à l'école. Je l'ai rencontré par hasard au bord de la mare alors que j'avais emmené les élèves en classe verte. Je crois qu'il était en train de pêcher.

— Ah bon ! dit le maire, soupirant d'aise, j'ignorais que vous étiez allée en classe verte aujourd'hui.

— Ce que vous me dites m'honore, Monsieur, répliqua Jeanne, j'ai bien pris garde qu'en sortant de classe et qu'en revenant les enfants ne fissent pas de bruit afin de ne pas vous déranger dans votre… travail.

Marcel, comprenant que Jeanne commençait à en avoir assez de cet échange de banalités, se décida à crever l'abcès :

— Bon ! Qu'a bien pu vous dire ce sacré Édouard pour vous intriguer de la sorte ?

— Il m'a laissé entendre que les collines qui entourent le village étaient hantées par une sorte de malade mental…

— Et il vous a dit qu'il ne comprenait pas pourquoi Monsieur le Maire ne faisait rien pour l'en chasser ! interrompit sèchement Marcel.

Sur son visage se lisait maintenant la fureur. Il s'était levé, avait joint ses mains derrière le dos et tel le commandant d'un vaisseau réfléchissant à la sanction appropriée pour l'indiscipline d'un de ses subordonnés, faisait les cent pas, soucieux et blême de colère. Jeanne qui jusque-là n'avait connu le maire qu'indolent et gêné était clouée à son fauteuil et n'osait plus dire un mot. Elle découvrait pour la première fois derrière l'embonpoint du Grand Marcel, la vivacité, l'autorité et la décision du chef qu'il avait été toute sa vie. Ses yeux lançaient des éclairs et elle ne pouvait s'empêcher de penser en le contemplant aux cours d'histoire qu'elle avait reçus autrefois et à l'impression que lui faisaient les gravures de Napoléon. Elle ne pouvait que l'admirer et elle comprenait pourquoi ce petit homme était surnommé par ses concitoyens avec respect le Grand Marcel. Marcel Chasse avait avec l'Empereur une autre ressemblance que le tour de taille, la pose militaire et l'instinct de commandement. Il était très emprunté avec les femmes, ce qui expliquait se gêne avec Jeanne. Mais en ce qui concernait ses rapports avec les hommes, il ne craignait personne.

— Décidément, cet imbécile ne pourra jamais m'écouter, finit-il par siffler entre ses dents. Enfin, ce n'est pas grave, je réglerais cela tout à l'heure. Quant à vous, Mademoiselle, dit Marcel en se retournant vers la jeune institutrice en se radoucissant, vous avez bien fait de venir me voir après cette conversation. J'aurais été fort ennuyé si vous aviez tenté de glaner quelques informations auprès des commères de Saint-Martial qui ne savent que rapporter les balourdises d'Édouard et de sa petite bande d'affreux jojos. Le fait que vous soyez venue me voir directement après la tentative de propagande de notre boucher me renforce dans l'estime que j'ai pour vous depuis votre arrivée et je suis parfaitement prêt à vous donner tous les renseignements que vous désirez. Il est tout d'abord important que vous sachiez que je suis le seul, vous m'entendez bien, le seul avec le docteur Fernand des Merlusses, à savoir ici qui est vraiment Bernard Lourseau et si je vous mets dans la confidence, c'est que j'ai confiance en votre discrétion.

— Mais, dit soudain Jeanne de plus en plus impressionnée par le changement de personnalité qui s'était opéré en quelques instants chez le maire, si ce secret est si important, pourquoi me le dévoiler entièrement ? Vous pourriez vous contenter de me rassurer par quelques phrases et puis voilà.

— Ah ! Oui, mais ça, c'est ce que je fais avec tous ces imbéciles du bistrot : « cet homme n'est pas un fou sanguinaire, il nous est à tous supérieur, vous avez intérêt à lui foutre la paix sinon vous aurez affaire à moi. » Mais vous, honnêtement, ce sermon à cinq centimes vous aurait-il suffi ? Non, évidemment. Vous auriez voulu savoir et tôt ou tard, vous auriez su et il vaut mieux pour moi que ce soit tôt que tard, que vous soyez avec moi que contre moi dans toute cette affaire. Pourquoi vous ? Parce que vous êtes intelligente et que les gens instruits peuvent écouter et comprendre alors que les ignares, si vous commencez à leur expliquer quelque chose, vous allez avoir l'impression qu'ils auront compris, mais dès que vous aurez le dos tourné, ils se serviront de vos explications dans le sens exactement contraire de celui que vous leur avez indiqué.

Jeanne, maintenant dépassée par cette cascade de données confuses, ne put s'empêcher de demander :

— Mais, qu'est-ce qui se passe ici ?

— Ce qui se passe ? Je vais tâcher de vous l'expliquer en quelques mots afin que vous compreniez mieux ma situation et vous allez vite entrevoir que malgré les apparences, elle n'est pas aussi confortable que ce que l'on pourrait croire. Je suis maire de ce village depuis vingt-cinq ans et en dépit de la longévité impressionnante qui est la mienne dans cette fonction, je suis loin de faire l'unanimité parmi mes concitoyens. En fait, je me heurte à une double opposition : celle des droites traditionnelles, groupées autour de Monsieur le Curé et jusqu'à ce qu'elle nous quitte de Mademoiselle Gertrude et celle qui s'organise autour de notre cher boucher. De la première opposition, je m'arrange facilement. Même si, vous l'avez sans doute remarqué, je suis viscéralement un homme de gauche, malgré les différences idéologiques, on parvient tout de même à s'entendre sur les questions concrètes et locales et les partisans de Monsieur le Curé sont surtout des femmes dont je ne mésestime pas l'influence mais qui, et c'est fort dommage pour des personnes comme vous, n'ont pas le droit de vote. En ce qui concerne la seconde opposition, c'est une autre affaire. Elle a son quartier général, malgré mes fréquentes incursions, au bistrot de Papin et elle comprend en grande majorité les artisans du village et quelques paysans. Avec eux, je ne parviens pas à m'entendre, sans doute parce que ce ne sont pas des différences idéologiques qui nous distinguent.

Giraud se considère lui aussi comme un homme de gauche, ce qui nous oppose est une situation particulière au centre de laquelle se trouve Bernard Lourseau.

— Mais, remarqua Jeanne, très intéressée par ce panorama politique de Saint-Martial, si vous êtes en désaccord avec lui, pourquoi avez-vous pris notre boucher comme premier adjoint ?

— Hum ! Parce qu'il vaut mieux garder ses ennemis près de soi et c'est sans doute pour la même raison qu'Édouard accepte cette fonction depuis vingt-cinq ans. En tant qu'adjoint, il exerce sur moi un certain contrôle, mais en contrepartie, il est lié d'une façon ou d'une autre par toutes mes décisions. Le problème avec lui et sa bande, c'est que nous n'appartenons pas à la même gauche. Le brave homme est toujours prêt à partir en croisade anticléricale, à dénoncer l'intolérance du Père Benoît, à critiquer l'action de l'État bourgeois et à désirer ardemment la propagation de l'Internationale, mais il n'en demeure pas moins un esprit borné et étroit. Il ne parvient pas à s'extraire dans ses actes de tous les jours d'une tradition conservatrice et au final intolérante. Il critique la soi-disant intolérance du curé, mais la sienne est bien pire. Monsieur le Curé, c'est dans ses sermons qu'il apporte la preuve de son esprit rétrograde, Édouard, lui, c'est dans ses actes. Alors qu'il peut faire des discours brillants et ronflants sur le respect des Droits de l'Homme et sur l'amélioration des conditions sociales des citoyens, tout n'est pour lui que théories. En pratique, il ne peut s'empêcher d'être un adepte de l'exclusion, de refuser systématiquement le dialogue, bref, comme il aime à le répéter, il dit merde à la démocratie bourgeoise et veut tout casser. Cette attitude, elle lui vient de son instinct, de son éducation et de son incompréhension profonde de l'autre. Il pense automatiquement appartenir à une famille politique parce qu'il a fait certains choix, mais dans ses actes se révèlent d'autres choix, diamétralement opposés à l'esprit des premiers.

— Mais, quel rapport avec cette histoire de « fada » ? demanda Jeanne, désireuse de recoller au sujet qui l'avait amenée dans ce bureau.

— Ce « fada », s'appelle Bernard Lourseau, je pense que vous l'avez compris et depuis son arrivée il y a dix ans, il est la tête de turc d'Édouard et de sa bande. Tantôt moqueurs, tantôt violents, ils sont intrigués par cet homme et en ont peur. Aussi, leur cheval de bataille est d'obtenir de moi que je promulgue un arrêté municipal d'expulsion de Lourseau du territoire de la commune. Mais, au-delà, ce qu'Édouard veut par-dessus tout, c'est ma place. Je la lui aurais bien cédée depuis tout ce temps qu'il attend, mais j'ai un jour fait une promesse et j'entends bien qu'elle soit tenue.

— Quoi, mais quelle promesse, je ne comprends pas.

— Ah oui ! Excusez-moi. Je vais m'expliquer. Par principe, je suis pour que chaque homme puisse vivre comme il l'entend du moment qu'il ne nuit à personne. Ainsi, je ne suis pas ce genre de maire qui prend immédiatement des dispositions pour expulser manu militari les Bohémiens qui s'installent sur le pré communal. Je ne procéderais à un tel acte que si j'ai la preuve qu'ils troublent l'ordre public de façon grave et cela, j'entends l'apprécier souverainement et dans le cadre des règles fixées par la République. En ce qui concerne Lourseau, je ne suis pas tenu par ce principe, mais par un lien plus fort encore. J'ai donné ma parole que tant que je serai le maire, il pourrait rester dans les collines communales de Saint-Martial et que comme il le désire, il y trouverait la paix. J'ai fait cette promesse à cet homme lors de la seule conversation que j'ai eue avec lui, il y a dix ans. Mademoiselle, je suis un homme d'honneur et le respect de la parole donnée a pour moi une importance majeure.

Malheureusement, je n'ai fait cette promesse qu'en mon nom propre, n'ayant dès le départ dans cette affaire aucun consensus derrière moi. Pour respecter ma promesse, je suis donc condamné à rester maire de Saint-Martial jusqu'à ce que Monsieur Lourseau d'une façon ou d'une autre me délie des engagements que j'ai pris envers lui. Il me faut donc à chaque élection contrer Édouard ainsi que le poulain du curé, le notaire de Gillois qui ne vient au village que très rarement. Vous devinez aisément lequel des deux candidats me pose le plus de soucis.

— Pourquoi est-ce que ce Lourson déchaîne autant de haine ici ?

— Lourseau, Mademoiselle, Bernard Lourseau. Pourquoi ? J'y ai souvent réfléchi… La réponse est en fait toute simple. Une personne comme vous peut se faire aimer par la population de Saint-Martial. Pourtant, vous êtes une étrangère. Mais, vous avez l'envie de changer cette situation, vous avez un travail qui se trouve au cœur de la vie sociale de la commune, vous avez la volonté de lier contact avec les gens, de leur faire bonne impression, de gagner leur confiance. Cette volonté, les habitants la perçoivent et ils y sont sensibles. Cela les amène peu à peu à vous considérer comme l'une des leurs. Tout cela parce que vous le voulez, que vous vous efforcez à correspondre à tous leurs critères. Alors, ils finissent par voir en vous un miroir d'eux-mêmes et à vous accepter. Mais, pour Lourseau, les choses sont différentes. Voilà un homme qui vit seul depuis dix ans, en dehors du village. Pour eux, c'est un sauvage. Puisqu'il vit dans la forêt, c'est étymologiquement exact. Ils ont l'impression qu'il ne parle pas leur langue puisqu'il ne parle pas. Pour eux, c'est un barbare et c'est encore étymologiquement exact. En fait, le problème est que pour Édouard et les autres, cet homme leur fait peur car il n'est pas comme eux et ne cherche pas à le devenir. C'est à cause de cette peur qu'ils le haïssent. Et puis, il y a ce silence, obstiné, inébranlable quand il vient au village chercher son pain. Tout le monde regarde ces yeux fixes, cette figure fermée à tout sentiment humain, ce front comme lézardé d'éclairs et tous se demandent ce qu'il y'a dans la tête de ce type, qui il est vraiment, ce qu'il attend dans l'existence. Si seulement il pouvait lâcher un mot, les gens ne le haïraient pas autant et tenir ma promesse serait plus simple. À chaque fois, je l'implore du regard pour qu'il m'aide, mais, il se tait, il se tait toujours. Alors, l'imagination des gens travaille. L'intolérance s'exaspère. Les bruits les plus fous se répandent. On voit en lui une brute sanguinaire, un malade mental, un assassin en fuite, un animal féroce. On le rend responsable de tous les maux de Saint-Martial. La grêle s'abat, c'est la faute du « fada ». Il porte malheur disent les paysans superstitieux. Une poule a été volée à Clovis, le maréchal-ferrant, avant on accusait le renard, maintenant c'est « le fada » qui, la nuit, comme un loup vient voler la nourriture des honnêtes gens. Les mères de famille ne laissent plus sortir le soir leurs petites filles, « le fada » rôde et il pourrait faire des choses. On ne va plus jamais seul se promener dans la forêt, il paraît que « le fada » mange les femmes et les enfants. Même que Géraldine, la fille du berger des Arpulins qui a « disparu » il y a trois ans, c'est lui qui l'aurait bouffée. Voilà ce que l'on entend sur cet homme que l'on voit toujours prêt à faire du mal aux autres, alors que les gens, il s'ingénie depuis toutes ces années à les fuir du mieux qu'il peut. Un tissu de conneries, oui ! Passez-moi l'expression. Tenez, prenez cette histoire de Géraldine. La pauvre enfant a foutu le camp de chez elle parce que son père avait la main un peu lourde et la vérité ici, tout le monde la connaît, elle fait la pute à Aubagne ! Mais, on préfère accuser « le fada » pour rien dire au berger, ça lui ferait trop de peine ! Bien évidemment, vous comprenez qu'à force de parler de cet homme comme s'il s'agissait d'une bête, on finit par avoir envie de le traiter comme une bête. L'année dernière, juste après les élections, voyant que je ne voulais toujours pas expulser « le fada », Édouard et ses chers petits camarades de l'association des fascistes anonymes et bien pensants s'étaient proposés d'aller traquer la bête avec fusils, pièges à loup et tout le saint Frusquin. Il m'a fallu tout mon sang-froid et toute mon autorité pour calmer ce petit monde. Mais je vous jure que j'étais tout près d'être obligé d'appeler les gendarmes ! Comme vous le voyez, la situation est explosive.

— Explosive, en effet ! s'exclama Jeanne. J'ignorais que ce village aux apparences si paisibles était traversé de tels soubresauts ! Mais, ce Lourseau, qui est-il au juste ? Vous disiez tout à l'heure qu'avec le docteur, vous étiez le seul à le savoir vraiment.

— Disons que j'en sais plus que toutes les commères du village réunies. Je sais son nom. Je sais pourquoi il est ici. Il cherche la paix et la tranquillité. Il est venu ici comme l'on vient dans une retraite, c'est une sorte d'ermite. Cet homme m'a été présenté par le docteur Fernand qui l'avait vu marcher sur la route avec son baluchon sur le dos. Il le fit monter dans son automobile en sachant qu'il allait vers Saint-Martial et comme il lui avait demandé de le conduire au maire de la commune, il me le présenta. Nous restâmes en conversation pendant près de deux heures. Jamais je n'oublierai ces instants. Cet homme m'a subjugué dès les premiers mots. Je lui ai voué un respect sans borne. Vous avez lu Moby Dick de Melville ?

— Oui, répondit la jeune femme.

— Et bien, pour moi, Lourseau, c'était Achab. Il m'expliqua qu'il désirait vivre dans les collines qui se trouvaient au-dessus du village, qu'il serait discret et qu'il ne voulait pas de contact avec la population. Comme je lui demandais les raisons de son choix pour Saint-Martial, il me répondit que cela avait été le fruit du hasard, qu'il avait planté un couteau sur une carte en fermant les yeux et que c'était tombé ici. Lorsque je lui demandais pourquoi et comment il comptait vivre dans la colline, seul, il me répondit : « *Comment ? Avec les moyens du bord, je chasserai, je cultiverai quelques plantes. Je viendrai juste au village pour chercher du pain et du sel. Pourquoi ?* » Et là il me lança un regard ténébreux et lourd de menace. « *Je tiens à ce que personne ne le sache et ne cherche à le savoir. Contentez-vous de vous dire que je suis honnête, que je ne fuis pas la justice des hommes mais que je veux oublier l'injustice du Destin.* » Il poussa un profond soupir et ajouta : « *il est des douleurs que l'on ne peut pas guérir, même le temps n'y fait rien. On peut tout juste un peu les apaiser. J'ai choisi d'apaiser les miennes loin des hommes, dans la plus profonde solitude et dans la vie en symbiose avec la nature. Ainsi, tous mes efforts quotidiens pour survivre me feront, je l'espère, oublier de penser à mon passé malheureux.* » Après que je lui ai promis que je ne ferais rien pour le déloger de sa tanière et que je veillerais à ce que tout le monde le laissât en paix, il me remercia, me serra la main et sortit. Il ne m'a plus jamais parlé depuis. Quant à savoir quelque chose sur son passé, qui ou quoi l'a plongé dans un tel dégoût de la vie, je ne sais pas même si Dieu le sait.

— C'est une histoire bien étrange conclut Jeanne et vous faites confiance à cet homme, pourquoi ?

— Parce qu'il avait quelque chose d'indéfinissable, d'admirable en lui. Quelque chose qui m'a fait croire en sa parole. Un lien très fort s'est créé entre lui et moi en ces quelques minutes. Sa parole d'honnête homme est sacrée pour moi et la promesse que je lui ai faite concernant sa tranquillité est comme un pacte de sang et tant que je le pourrai, je l'honorerai. C'est pour ça que j'ai besoin de votre soutien.

Jeanne se leva, serra la main du maire et déclara :

— Vous l'avez, les valeurs que vous défendez sont aussi les miennes et je comprends l'engagement que vous avez pris envers cet homme. Je suis prête à vous soutenir dans votre lutte contre l'intolérance. Mais, j'ai peur que pendant encore un certain temps mon soutien ne soit que moral. Je n'ai pas encore beaucoup d'influence ici.

— Ce soutien moral est déjà beaucoup pour moi. C'est la première fois depuis vingt ans que l'école et la mairie sont d'accord à Saint-Martial et cette nouvelle situation est pour moi presque aussi miraculeuse que si je fus tous les dimanches à l'église et que Monsieur le Curé vint tous les mercredis au conseil municipal !

Le maire et l'institutrice éclatèrent de rire et Jeanne laissa Marcel à ses occupations en le remerciant de l'avoir si bien reçue. Elle monta dans ses appartements et soupira en pensant à la tonne de cahiers qu'elle avait encore à corriger.

V

Lourseau était allongé sur sa paillasse. En face de lui, il y avait la chaise sur laquelle trônait ce livre qu'il avait trouvé il y a quelques jours et qui ne cessait de l'intriguer. Il avait pourtant fait des efforts pour détacher son esprit de cette trouvaille. Il avait même pensé à jeter le bouquin mais ses années passées dans l'enseignement lui avaient appris à respecter les livres. Pour lui, historien de formation, le livre était une chose sacrée, la base même de son travail, la mémoire écrite de l'humanité. Il n'avait pas pu se résoudre à le flanquer dans la cheminée. C'était peut-être cela d'ailleurs qui le tourmentait le plus. C'était la preuve que malgré tous ses efforts, il ne parvenait pas à couper complètement ses liens avec le monde civilisé. Il restait toujours quelque chose pour lui prouver qu'en bas, au village, la vie continuait sans lui et il ne pouvait pas ne pas y penser. L'autre jour, il s'était même surpris assis sur sa chaise à lire ce livre page à page. Il en avait été horrifié et comme si soudain il avait été brûlant, il avait jeté l'ouvrage en travers de la pièce. Mais quelque temps après, il n'avait pas pu s'empêcher de le ramasser et de le poser là où il se trouvait depuis. Il le regardait fixement sans plus oser le toucher. Soudain, sentant que ses nerfs allaient lâcher de rester ainsi béat devant cette chaise, Lourseau se leva, se dirigea vivement vers la porte de la cabane, au passage balança un coup de pied rageur à la maudite chaise, claqua la porte derrière lui et s'en fut fumer sa pipe sur sa souche face à la mer.

Qui avait bien pu déposer ce livre dans cet endroit perdu ? Cette question, il ne pouvait la chasser de son esprit. Il croyait que cette partie de la colline lui appartenait, qu'il était le seul à pouvoir en jouir. L'idée de la partager avec un promeneur du dimanche, ou de se retrouver nez à nez avec une écervelée en mal d'ambiance romantique lui était insupportable. Il leur laissait le monde entier pour pouvoir étaler leur médiocrité et il fallait qu'ils viennent ici, dans ces collines pour lui rappeler qu'ils existaient encore. N'était-ce pas déjà assez difficile de supporter chaque semaine le regard curieux qu'ils posaient sur lui lorsqu'il allait au village chercher son pain ? Il avait alors l'impression d'être un spécimen rare de quelque espèce en voie de disparition que des badauds se pressent de venir observer au zoo. Que fallait-il qu'il fasse pour avoir enfin la paix ? Fallait-il qu'il meure ? Est-ce que où qu'il allât, où qu'il se trouvât dans ce monde il devait obligatoirement rencontrer ces bipèdes doués de parole et soi-disant d'intelligence que l'on appelait des hommes ? Fallait-il donc qu'il partît sur une île déserte pour tel un Robinson vivre enfin seul ? Encore ne devait-il pas tomber sur un Vendredi débarqué un beau matin pour lui casser les pieds. Fou de rage, Bernard lança sa pipe au loin comme s'il avait pu atteindre à la tête cette créature stupide qui, en ayant eu l'étourderie de perdre ce maudit livre était venue troubler son semblant de quiétude.

La nuit commençait à tomber. Perdu dans sa fureur, Lourseau en avait oublié de suivre son spectacle quotidien, le coucher du soleil. Il en était navré. Lorsqu'il avait recouvré ses esprits, les derniers rayons de l'astre du jour finissaient de se noyer dans la mer. Heureusement, il avait pour se consoler la contemplation de la lune à la clarté blafarde exceptionnellement puissante ces dernières semaines. Comme le froid commençait à se faire sérieusement sentir et qu'il ne trouvait plus d'intérêt à rester planté là, Lourseau se détourna de la mer noire traversée de quelques reflets blancs pour s'enfoncer dans la forêt touffue et ténébreuse afin de rejoindre son habitation de fortune. Soudain, au détour d'un sentier, alors qu'il regardait en contrebas au fond d'un des nombreux vallons que comptait cette colline sauvage, il vit s'agiter une lumière entre les touffes des chênes verts et des romarins arborescents. À moins qu'il existât des lucioles géantes, à moins de croire aux feux follets, il n'y avait guère de doute quant à l'origine de cette clarté. Elle ne pouvait qu'être artificielle et… d'origine humaine. Allons bon ! pensa Lourseau, que pouvait bien être cette nouvelle intrusion sur ses terres d'adoption ? Est-ce qu'ils s'étaient tous donnés le mot ? Était-ce un complot dirigé contre lui ? Est-ce que le maire avait décidé de ne plus tenir sa promesse ? Lourseau, bien décidé à en avoir le cœur net hâta le pas vers sa cabane pour se munir de son fusil. Heureusement que la clarté de la lune était forte car sinon Bernard, malgré son habitude des lieux aurait eu bien du mal à retrouver aussi vite son chemin. Enfin, la cabane. Vite, il ouvrit la porte. Il jeta un rapide coup d'œil, personne n'était venu. Il marcha droit à la cheminée et décrocha le fusil qui était suspendu au-dessus de l'âtre, puis il alla à l'armoire, en sortit une boîte en fer-blanc, l'ouvrit, y prit une poignée de cartouches qu'il mit dans sa poche et un vieux cadenas rouillé. Il sortit, ferma la porte et y ajusta le cadenas. Cette précaution était purement formelle. Il ne doutait pas que si quelqu'un de malveillant trouvait sa cachette, deux ou trois coups de pied suffiraient à la mettre par terre avec ou sans cadenas sur la porte. Il avait pris le soin de se munir d'une lanterne sourde et il se dirigea vers l'endroit où il avait aperçu cette mystérieuse lumière.

Il avançait maintenant entre les taillis, sa lanterne sourde dans une main, son fusil sous le bras. Arrivé à une assez courte distance de la lueur vacillante et inconnue, il rabattit les volets de sa lanterne afin que sa présence ne soit pas trahie. Il marchait maintenant lentement, sans faire de bruit, en prenant garde de ne pas faire rouler une pierre ou de faire craquer une branche morte. Il avait laissé sa lanterne dans l'anfractuosité d'un rocher qu'il pourrait aisément retrouver dans le noir. Maintenant, il tenait son fusil à deux mains et avançait encore, de plus en plus lentement. Tous les mécanismes qu'il avait appris à la guerre pour survivre lui revenaient instinctivement. Comme à Verdun quand il fallait sortir de la tranchée pour attaquer de nuit, il s'appliquait à être le plus discret possible. Les seules différences étaient qu'ici il y avait encore de la végétation, le sol fertile n'était pas transformé en une croûte lunaire et le bruit du canon ne se faisait pas entendre toutes les secondes. Sinon, dans sa tête, c'était la même chose. Entre ses mains, un fusil, en face, l'ennemi. Il touchait presque à l'objectif. Il entendait des voix. Ses mains se crispèrent sur le fusil. Il approcha le doigt de la détente. Qui pouvaient bien être ces gens qui s'agitaient ainsi dans la nuit ? Sûrement pas des braconniers. Depuis dix ans qu'il était ici, il n'avait jamais vu d'autres pièges que les siens dans cette partie de la colline. Et puis, quelle heure était-il ? À la lune, peut-être minuit et on était à trente kilomètres de Saint-Martial. Cela voulait dire qu'à moins d'avoir des ailes, les intrus étaient partis pour la colline bien avant que le soleil ne se couchât et rentreraient dans leurs pénates bien après l'aube. Lourseau savait que le braconnage était une institution en Provence, mais de là à voir de paisibles villageois quinquagénaires passer une nuit blanche à marcher dans la colline par moins dix degrés pour poser des pièges, il y avait un pas qu'en homme intelligent il n'était pas prêt à franchir. Non, Bernard comprenait bien que ces hommes n'étaient pas là pour braconner et comme il ne voyait pas d'autres mobiles pour expliquer leur venue, il se doutait bien que cette expédition nocturne devait cacher quelque chose de louche. Mais, quoi ? Lourseau était maintenant tout près. Il se cacha derrière un pin centenaire et tendit l'oreille. Il perçut distinctement deux voix d'hommes.

— Tu crois qu'on est près de l'endroit où il vit ?

— À qui que tu crois qu'ils appartiennent les pièges qu'on a vus tout à l'heure ? Tu en connais beaucoup des gars de Saint-Martial qui viennent jusqu'ici ?

— Quand même, c'est pas le traiter comme un homme de lui faire ça.

— Ta gueule ! C'est pas un homme, il vit comme une bête sauvage, alors c'est une bête sauvage !

— Oui, mais…

— La ferme ! Si tu avais des scrupules, t'avais qu'à pas venir. Je pouvais me débrouiller tout seul, j'avais pas besoin d'un mollasson. Allez, passe-moi son piège qu'on a trouvé tout à l'heure, ou alors tire-toi !

— Bon d'accord, tiens.

— Bien, donne-moi la belle grive qu'il y a dans mon carnier et mets-là dans le piège.

— Voilà.

— C'est parfait, éclaire un peu par là, mets son piège ici. C'est bien là, il pourra pas le louper, ça va faire un super appât pour choper cette saloperie. Éclaire-moi bien maintenant que j'y laisse pas une main !

Lourseau entendit alors un cliquetis de chaînes.

— Passe-moi le marteau.

Des bruits sourds retentirent.

— Maintenant, on camoufle le tout.

Des feuilles sèches qu'on remuait crissèrent dans le noir.

— Allez, c'est bon. On peut se tailler, il va avoir son compte !

— Putain, tout le chemin qu'il y a à faire !

— Arrête de te plaindre, si tu voulais pas venir, t'avais qu'à rester chez toi.

Les deux hommes s'éloignèrent avec leurs lanternes en direction du village. L'un d'eux avait allumé un cigare à l'odeur âcre. Lourseau resta un bon moment tapi dans l'ombre à scruter les bruits de la forêt. L'humidité tombait sur lui. Elle lui causait des tiraillements de la nuque jusqu'au coccyx. Lorsqu'il fut certain qu'il n'y avait plus personne, il se leva, se dirigea vers le rocher où il avait laissé sa lanterne, s'en empara, ouvrit les volets en acier et commença cahin-caha l'ascension du vallon pour rejoindre sa cabane. Quand il y fut parvenu, il ouvrit la porte après avoir longuement cherché dans sa poche la clé du cadenas. Il devait être trois heures du matin. Il referma la porte, mit une bûche dans la cheminée, éteignit la lanterne et s'étendit mort de fatigue sur sa paillasse en ayant pris soin de garder auprès de lui son fusil chargé. Il était bien décidé de tirer toute cette histoire au clair après une bonne fin de nuit de sommeil.

Le lendemain, lorsque Lourseau se réveilla, un soleil pâle et hivernal éclairait la colline méditerranéenne depuis plusieurs heures déjà. Bernard était éreinté de sa nuit passée à la belle étoile. Dans la cheminée, il n'y avait plus que des cendres et un froid sec et vif pénétrait dans la cabane par tous les interstices qu'une main peu habituée au travail du bois avait laissés entre les planches mal dégrossies de l'édifice. Il se leva péniblement, enfila une grosse veste, se coiffa d'une casquette en laine, enfila des gants en cuir, empoigna d'une main sa canne cloutée et de l'autre son fusil, vérifia d'une tape sur la poche de son pantalon que les cartouches étaient toujours là et sortit, bien décidé à comprendre quelque chose aux événements nocturnes dont il avait été le témoin auditif. Il avait bien saisi que ces deux inconnus avaient tendu un piège pour prendre une bête sauvage et il se doutait bien que cette bête devait être lui, Lourseau. Il avait donc décidé de se tenir sur ses gardes car il ne savait pas quelle pouvait être la nature de la menace qui planait sur lui. En même temps que de tirer cette étrange affaire au clair, il devait aussi faire la tournée de ses pièges. Tout en marchant à travers la colline dans le sens des aiguilles d'une montre autour de sa cabane afin de faire le tour de ses pièges et de ne pas en oublier, Lourseau songeait qu'il était temps qu'il attrapât quelque chose. Cela faisait quatre jours qu'il n'avait plus rien eu dans ses collets et autres pièges pour oiseaux et ses réserves étaient épuisées. Bientôt, il n'aurait plus qu'à crier famine. Il décida donc de faire sa tournée comme à l'habitude plutôt que d'aller directement dans le vallon de la nuit dernière. Sa survie était plus importante que la résolution du mystère qui occupait son esprit et les renards plus rapides que ses capacités de raisonnement. Il avançait rapidement entre les pins, se penchant de temps en temps devant un buisson au pied duquel il avait posé un piège, le cœur rempli d'espoir à l'idée d'enfin trouver quelque chose de comestible, mais, il n'y avait rien. Tantôt, le piège avait été emporté par un lièvre trop vigoureux, tantôt, une bécasse avait été à moitié dévorée par un renard, tantôt, le piège n'avait reçu aucune visite. Au bout de trois heures de quête, le bilan était catastrophique : il n'y avait rien. Lourseau se présentait maintenant devant le vallon, théâtre nocturne du mystère de la veille. Imperturbable, il continuait son inspection. Soudain, il se pencha au pied d'un romarin où la veille il avait placé un piège à oiseaux et il ne le trouva plus. Il était pourtant certain de l'avoir placé à cet endroit. Ce devait être le piège que les deux hommes avaient pris pour confectionner leur soi-disant appât. Lourseau se releva, fronça les sourcils, reconnut le rocher où il avait caché sa lampe et le vieux pin derrière lequel il avait passé une bonne partie de la nuit précédente. Il avançait maintenant avec précaution, lentement, très lentement, comme pendant la guerre quand il fallait traverser des champs de mines. Il était attentif à tout ce qui pouvait sembler insolite. Pour un néophyte de la randonnée en colline, tout pouvait sembler insolite au fond de ce vallon, du chêne-liège biscornu au rocher à la forme tourmentée qui projetait son ombre sur Bernard. Mais pour ce dernier qui avait appris pendant dix ans à reconnaître chaque pierre du paysage, c'était des détails comme une branche cassée, une caillasse tombée de plus haut ou des herbes couchées qui constituaient un événement sortant de l'ordinaire. La moindre altération de ce milieu biologique complexe qu'était la colline sautait aux yeux de Bernard comme une tache sur la robe d'une fille saute aux yeux de sa mère. Tout à coup, bien calé sur une souche à moitié pourrie, se trouvait un piège avec, enserré entre ses deux demi-cercles d'acier, la tête d'une grive d'une taille exceptionnelle. Le stratagème était grossier et fit presque éclater de rire Lourseau. Faire trente kilomètres en pleine nuit pour confectionner un piège dont l'appât trahissait de façon aussi évidente la présence était ridicule. Lourseau reconnaissait évidemment un de ses pièges et savait qu'il ne l'aurait jamais mis en haut de cette souche. Quel imbécile aurait pu espérer prendre quoique ce soit en faisant ainsi trôner l'engin à soixante-dix centimètres du sol sans quelques feuilles pour le dissimuler ! Même la taille de la prétendue prise indiquait le coup fourré. On voyait bien qu'elle avait été tuée avant d'être mise dans le piège, un animal aussi gros aurait tout emporté avec lui. En plus, le piège n'était même pas fixé à la souche. C'était vraiment du travail d'ivrognes pensait Lourseau. Quand bien même il n'aurait pas entendu le dialogue des deux hommes la veille, il se serait douté de quelque chose en voyant une telle mise en scène. Il n'empêchait, il ne savait toujours pas quelle pouvait être la nature de ce qui le menaçait ni l'endroit où cette menace était tapie. De surcroît, il ne pouvait pas se permettre de laisser cette grive splendide aux renards. Il était arrivé à la fin de sa tournée et c'était un nouvel échec. Or, il approchait de midi, il s'était beaucoup dépensé et il sentit bien qu'il ne pourrait satisfaire son estomac uniquement avec quelques baies et du pain. Le potager ? Il ne fallait pas y compter, tout avait gelé deux jours auparavant. Non ! Il lui fallait ce volatile. Il devait mordre à l'appât. Mais si possible sans déclencher le piège. Mais quel piège ? Lourseau se concentra. Il essayait de se rappeler les détails de la nuit dernière : des bruits de feuilles, des chaînes, un marteau... Il regardait avec attention l'espace qui le séparait de son futur repas. Des feuilles sèches, il y en avait dix centimètres sur toute la surface du sol, un vrai tapis, certaines en voie de décomposition, d'autres, les plus récentes, crissaient encore sous le pied. Soudain, comme un fin rayon de soleil perçait la cime des arbres pour arriver jusqu'au fond du vallon, Lourseau crut distinguer quelque chose de brillant trois mètres devant lui. À mieux y regarder, il distingua sur un cercle de trente centimètres de diamètre environ une différence de couleur entre les feuilles qui se trouvaient à l'intérieur de ce cercle et celles qui étaient autour. Commençant à comprendre mais n'osant croire que la haine des gens contre lui pouvait être si forte, Bernard s'avança calmement, tendit sa canne cloutée vers l'intérieur du cercle et l'enfonça violemment dans le tapis de feuilles sèches. Un bruit sec et bref retentit, celui d'un puissant ressort qui se détend. Lourseau se rejeta en arrière. Il contemplait fixement sa canne. Elle était coupée en deux, un bout entre ses mains et l'autre planté dans le sol avec juste au-dessus de son sommet déchiqueté les deux mâchoires acérées d'un piège à ours énorme qui, maintenant, jointes l'une à l'autre, offraient à Bernard sidéré le spectacle de leur dentition redoutable.

Il sortit de sa poche un mouchoir. Il s'épongea le front qui perlait de sueur, s'assit à même le sol en ne pouvant quitter des yeux l'engin de mort qu'on lui avait destiné. Il était choqué. Sa respiration était haletante et il avait la gorge sèche. Il se saisit fébrilement de sa gourde et but, les mains tremblantes, à grandes gorgées. Était-ce la peur qui le faisait ainsi trembler ? Non, la mort, il l'avait côtoyée bien des fois sur le champ de bataille, dans les tranchées. Qu'était ce piège à ours pour un homme qui avait su pendant quatre longues années échapper aux obus, aux grenades, aux gaz, aux balles et aux coups de baïonnettes ? Non, Bernard ne tremblait pas de peur. Il ne craignait pas la mort, il l'attendait. S'il tremblait, c'était bien plus de colère, de rage, de fureur même. Colère de voir sa tranquillité, son existence solitaire troublée par les incursions d'une civilisation qui maintenant allait jusqu'à vouloir le supprimer. Il y avait d'abord eu ce livre, puis cette lanterne, ces hommes dans la nuit, sa nuit et ce piège infâme. Il enrageait de se voir ainsi traqué comme un fauve dangereux. Il n'avait pourtant jamais cessé d'être discret, effacé. Qui gênait-il donc ? En quoi son existence pouvait-elle être perçue comme une menace ? Qui pouvait ainsi concevoir tant de haine pour aller jusqu'à commettre pareil forfait ? Lourseau en avait assez de réfléchir. Même ici, même loin de tous, il fallait encore qu'il réfléchît. Il avait beau tenter de fuir les hommes, ces derniers le rattrapaient pour lui tendre un piège. Pourquoi tant d'intolérance ? Pourquoi y a-t-il toujours quelqu'un pour se sentir agressé par la différence de l'autre ? Comment une telle haine éperonnée par la peur de l'inconnu, peut-elle s'amplifier jusqu'à atteindre le point de non-retour, la barbarie, l'envie de tuer ? Voilà les questions amèrement philosophiques que Lourseau était fâché de devoir se poser devant un tel acte. Il était aussi atteint dans sa fierté. Il était furieux d'avoir été pris pour un demeuré, pour un vulgaire animal prêt à donner dans ce piège stupide et grossier. Ces gens le prenaient donc vraiment pour une bête ! Ils croyaient vraiment qu'il allait se laisser abuser par ce stratagème de bas étage, aveuglé qu'il aurait été par une grive. Il avait appris seul à se nourrir, seul à résister aux hivers, seul à construire son refuge et il était méprisé, sous-estimé par ces imbéciles, ces poivrots de Saint-Martial. Ces gens pensaient donc que parce qu'il vivait retiré du monde il avait perdu sa dignité d'homme, qu'il n'était plus qu'un être aux capacités mentales diminuées, qu'il n'était plus qu'un fou bon à enfermer ou à éliminer.

Tout en maudissant ceux qui l'avaient poussé à concevoir toutes ces pensées et interrogations, Lourseau remontait au pas de course ce vallon où l'on voulait le laisser se vider de son sang, où quelques représentants de l'imbécillité humaine avaient prévu qu'il pousserait son dernier soupir. Il ne se rappelait pas avoir marché aussi vite depuis longtemps, lorsque ivre de rage et en moins de vingt minutes il arriva en vue de sa cabane, ultime refuge dans lequel il comptait bien que la folie des hommes ne l'atteindrait jamais. Il franchit le seuil précipitamment et jeta sur la table la besace qui contenait la grive. Il s'en occuperait plus tard. Pour l'instant, il était trop énervé par cette matinée agitée. Il n'avait pas envie de faire la cuisine, encore moins de manger. Pourtant, il avait faim. Son corps réclamait à grand coup de gargouillements des aliments. Mais son esprit tourmenté était trop préoccupé pour se laisser distraire par des soucis bassement nutritifs.

VI

— Oh ! Gaston, ça y est, tu as terminé ta journée ? Y'en a qui s'en font pas ! C'est par ces mots que Papin accueillit dans son établissement le facteur qui desservait Saint-Martial. Ce dernier entrait précipitamment, le souffle court, se frottant vigoureusement les mains rougies par le froid.

— T'es pas fatigué de me dire tous les jours la même chose ? Tu crois que c'est drôle de pédaler par un froid pareil dans les rues de ce foutu village. Faudrait dire à Marcel de faire quelque chose pour la fontaine, l'évacuation doit être bouchée et y'a de la flotte sur dix mètres devant chez la vieille Germaine. Avec la « gelante » de cette nuit, une vraie patinoire. J'ai failli me foutre en l'air.

— Allez, viens prendre l'apéro, ça te réchauffera et te remettra de tes émotions, rétorqua Papin, soucieux, comme à son habitude de faire tourner son commerce.

Et pour cela, il n'avait pas trop de souci à se faire. Le froid particulièrement vif ce matin n'avait pas découragé les éternels habitués du bar de Saint-Martial. Il y avait là Clovis, Édouard et Marius qui avaient déserté leur commerce respectif, comme tous les jours, vers les onze heures, quand l'appel du pastis se faisait sentir. Les bouteilles se vidaient et les verres se remplissaient à la grande satisfaction de Papin qui, en grand professionnel, n'avait pas besoin de caisse enregistreuse pour faire les comptes de la recette de la matinée.

Bientôt, toute la petite société des hommes de Saint-Martial se trouvait réunie, qui accoudé au zinc, qui en train de faire une belote ou bien de lire la gazette du pays. Ce fut alors le tour du Grand Marcel de quitter son bureau de Premier magistrat pour faire son entrée chez Papin.

Son arrivée fut marquée par les salutations d'usage toutes faites de « oh ! » et de « hé » !

— Eh bien ! Gaston, s'écria le maire, quelles sont les nouvelles aux Merlusses, t'as pas eu trop mauvaise route pour venir jusqu'ici ? Ne force pas trop sur le Pernod, sinon tu risques de pas pouvoir redescendre !

À ces mots, la salle fut secouée par des rires graves et gras qui sont ceux que les hommes du Midi apprennent ensemble à pousser lors des longs mois passés au régiment et qu'ils ne cessent pas ensuite de travailler dans les bistrots au point de devenir de véritables virtuoses de la galéjade.

— M'en parle pas, Marcel, répondit Gaston imperturbable, ce matin, ça a pas été une partie de plaisir. Dis, il faudrait vraiment que tu fasses quelque chose pour cette putain de fontaine… Et Gaston de conter à nouveau son aventure du matin à la grande satisfaction de l'auditoire qui, bien à l'unisson, fit une nouvelle fois claquer une salve de rires fracassants.

Un semblant de calme revenu, le Grand Marcel, théâtral, comme à son habitude, prit son ton solennel et devant l'assistance déclara :

— C'est bon ! Je vais m'en occuper, qu'on ne puisse pas dire que le maire de notre commune a laissé un digne fonctionnaire des Postes se casser la gueule à cinq cents mètres de l'apéro !

Et à nouveau les rires retentirent auxquels se joignirent ceux du facteur, en aucune façon rancunier d'avoir été quelques instants au centre des plaisanteries de la matinée. Lorsque les derniers éclats cessèrent, le silence tomba quelques secondes, seulement troublé par le tintement de quelque verre posé sur le zinc. Chacun sentait instinctivement que le temps des discussions sérieuses était venu. Mais comme on ne pouvait décemment pas passer du rire aux choses importantes sans transition, c'est sur un ton blagueur que le boucher de Saint-Martial apostropha le maire du village.

— Eh bien, Marcel, y paraît que Saint-Martial a connu hier un moment historique, l'École et la Mairie se sont considérablement rapprochées...

Esquissant un sourire grimaçant, Édouard se tut en fixant Marcel d'un regard amusé mais néanmoins perçant. Et tous dans le bistrot l'imitaient et attendaient que le maire prît la parole. Marcel lisait clair dans le jeu de son premier adjoint. Il laissa juste tomber :

— Que veux-tu dire au juste ?

— Je veux dire qu'on m'a dit que Mademoiselle Jeanne était restée plus de deux heures dans le cabinet du maire hier soir, répliqua Édouard sur un ton inquisiteur.

Marcel était satisfait. Il avait poussé Giraud à dévoiler le premier son jeu. Il était maintenant en position de force dans le duel qui s'engageait sous le lourd regard de l'assistance scrutant les deux hommes forts du village comme les spectateurs d'un combat de boxe.

— Y paraît, on m'a dit. Dis-moi, Édouard, tu sembles très bien informé de ce qui se passe à la mairie. Pour un élu municipal qui n'y met les pieds qu'une fois de cent en quatre, c'est un vrai prodige ! Est-ce que tu ne me ferais pas espionner par hasard ?

C'était maintenant au tour de Giraud d'être sur le grill et de devoir très vite trouver une réplique à la hauteur de l'estocade que venait de lui porter Marcel. Un moment interdit, Édouard se reprit rapidement et quelque peu nerveux déclara :

— Mais pas du tout ! Qu'est-ce que tu vas imaginer ? C'est Madeleine qui m'a juste dit ce matin que vous vous étiez vus, Mademoiselle Jeanne et toi, hier. Et elle me l'a dit comme ça, pour parler. C'est venu dans la conversation et voilà. Sans doute conscient de la faiblesse de ses explications, Édouard ajouta : Et quant à ce que tu sembles insinuer sur mon manque d'assiduité dans le cadre de mes fonctions municipales, je ferai juste remarquer qu'à ta différence, j'exerce mon mandat bénévolement. J'ai un commerce à faire tourner tous les jours, moi. Moi, je ne touche pas des frais de représentation pour rester toute la journée à lire le journal dans un bureau sur le dos des contribuables de la commune.

À ces mots, l'assistance frémit de quelques murmures. Certains hochaient la tête, visiblement satisfaits, d'autres manifestaient discrètement leur indignation. Il n'y avait guère que le facteur et Papin pour rester impassibles, réserve du fonctionnaire et neutralité du débitant de boisson obligent.

Désireux d'exploiter les points faibles de son adversaire, Marcel feignit de ne pas avoir entendu les derniers mots prononcés par Édouard et, toujours grandiloquent, se leva de son siège et marcha lentement jusqu'au fond de la salle en disant :

— Ben voyons, ta cousine Madeleine, avec qui vous vous voyez quand il lui tombe un œil a juste choisi ce matin pour te faire une visite, comme ça, « par hasard », et elle t'a dit qui était entrée dans mon bureau pendant qu'elle faisait le ménage (mal d'ailleurs !) dans le hall de la mairie. Et, toujours « par hasard », comme ce soir-là elle avait décidé de faire des heures supplémentaires (ce qui ne lui arrive jamais !), elle a pu aussi te dire qui était sortie de mon bureau et surtout, parce qu'encore « par hasard » elle avait regardé l'horloge, te dire pendant combien de temps l'entretien a duré. Et bien sûr, elle est venue te dire tout ça ce matin, « comme ça, pour parler » !

À ces mots, l'ensemble de l'auditoire manifesta clairement que le duel tournait maintenant à l'avantage du maire qui du fond du bistrot toisait le premier adjoint, resté planté devant le comptoir, ne sachant plus quoi répondre tant ses manigances avaient été percées à jour par Marcel.

Excédé, Édouard s'écria alors :

— Tout ça, c'est des belles paroles, ce qu'on voudrait savoir, c'est ce que tu as bien pu faire pendant deux heures avec notre institutrice ?

— Ah ! Nous y voilà. C'est vrai, j'avais oublié que ta cousine est un peu dure d'oreille. C'est embêtant ça, elle a pas pu écouter à la porte pour te rapporter illico ce qui avait bien pu se dire dans mon bureau. Mais si tu voulais connaître le sens de l'entretien que j'ai eu hier avec Mademoiselle Beauvais, tu n'avais tout simplement qu'à le demander, d'autant que tu es directement concerné.

Giraud, tout à coup intrigué, se calma et d'une voix presque inaudible questionna le maire :

— Comment ? Vous avez parlé de moi ? Mais, heu... Qu'est-ce que vous avez dit... enfin, je veux dire...

— T'inquiète pas Édouard, c'est vrai que tu es un personnage important à Saint-Martial, mais nous n'avons pas passé deux heurs à disserter sur ta personne. Non, nous n'avons pas parlé de toi, mais de ta petite conversation d'il y a quelques jours avec notre institutrice. Figure-toi qu'à débiter toutes tes salades tu as fini par lui faire peur et elle a voulu me voir pour que je lui donne ma version des choses.

— Quoi ? C'est au sujet du « fada » que vous êtes restés deux heures à parler ?

Ça y était, le mot fatidique avait été lâché. « Le fada » était à nouveau au cœur du débat au bar de Saint-Martial. À peine ces quatre lettres étaient sorties de la bouche du boucher que toute la salle commença à s'agiter, chacun ayant sur la question un avis bien arrêté depuis le temps que l'affaire défrayait la chronique du bourg.

Marcel n'eut qu'à forcer la voix pour que tous ces messieurs se taisent à nouveau :

— Non ! C'est pas du « fada » dont on a parlé, mais des conneries que tu colportes depuis dix ans, tant et si bien que la nouvelle institutrice n'est pas là depuis deux mois, qu'il faut que tu commences à lui parler de satire et d'homme retourné au stade de bête furieuse. Et de lui dire qu'il faut pas qu'elle aille dans la colline toute seule comme si un tigre affamé rodait par ici !

Marcel s'arrêta un instant pour reprendre haleine et pour guetter les réactions de l'assistance. Ce qu'il voyait ne lui plut guère. Certains fuyaient son regard, d'autres fixaient le sol, gênés. Papin essuyait depuis de trop longues secondes le même verre. C'est lui qui prit le premier la parole :

— Écoute, Marcel, Édouard n'a peut-être pas tous les torts. C'est vrai qu'une jeune femme, toute seule, dans la colline… Enfin, vois un peu les choses en face, ce type, là-haut, depuis dix ans… Enfin, on sait rien de lui, de ce qu'il fait de ses journées, de…

Soucieux de mettre fin à ce discours décousu, Marcel se dirigea vers la porte. Il mit la main sur la poignée, se retourna et sur un ton posé et lourd de menace déclara :

— Écoutez, vous tous, ça fait dix ans que cet homme vit ici, ça fait dix ans que tout le monde va là-haut, seul ou en groupe, toi, Papin pour les champignons, tout comme ta femme, à toi, Marius, pour les asperges. Et personne, vous m'entendez, personne n'a jamais eu le moindre problème. Ça, ce sont des faits. Ça, c'est la vérité. Moi, c'est pas « le fada » qui m'inquiète. Marcel se tut un instant, secouant plusieurs fois la tête et, regardant le premier adjoint, dit tout à coup :

— Monsieur Giraud, c'est vous qui avez commencé à poser des questions. À mon tour. Qu'est-ce que vous faisiez près de la mare pendant la leçon de Mademoiselle Jeanne ? Comment saviez-vous qu'elle se promenait l'autre jour sur le Plateau du Solitaire ? Vous étiez au courant, vous, Monsieur le boulanger et vous, Monsieur le maréchal-ferrant ? Et toi, Papin, « y paraît », « on m'a dit » que c'est toi qui l'avais vue alors que tu étais en train de chasser. C'est bizarre, je croyais que tu avais donné ta vieille pétoire à réparer.

Alors que Papin regardait Giraud indigné, le maire conclut :

— C'est bien ce que je pensais, y'a pas que moi que tu fais espionner. Et pour certaines personnes, tu t'en charges toi-même. Alors, qu'avez-vous à répondre, Monsieur le premier adjoint ?

Voyant Édouard rouge de honte, prêt à disparaître sous terre, Marcel crut bon d'en rester là.

Allez ! Monsieur le premier adjoint, Monsieur le fonctionnaire des Postes, Messieurs, au revoir, j'ai à faire.

Édouard attendit que le maire eût regagné son bureau pour sortir à son tour très vite en évitant les regards emplis de soupçons qui se portaient maintenant sur lui.

VII

Le dimanche suivant, un souffle de printemps s'était levé sur Saint-Martial. Brusquement, le froid avait cessé pour laisser la place à une douce tiédeur entretenue par un soleil radieux. Les vieux, habitués aux changements brutaux dont le climat méditerranéen a le secret, avaient beau prévenir que cette belle saison avant l'heure ne durerait pas, chacun voulait profiter de cette pause offerte au milieu d'un hiver jusque-là bien rigoureux.

Le petit monde du bourg, telle une crèche vivante, vaquait à ses occupations dominicales habituelles, qui à la messe, qui faisant le tour des petits commerces, qui au bistrot de Papin. Le décor planté était celui d'une tranquille journée d'hiver ensoleillée dans un petit village de Provence, un dimanche, jour peu propice aux grands événements.

Et pourtant… pourtant, c'était précisément ce jour que Lourseau avait choisi pour passer à l'action. Il ne pouvait pas laisser l'affaire du piège à ours en suspens. Il se devait, pour restaurer sa tranquillité sauvagement violée, de faire un coup d'éclat.

Il avançait, d'un pas décidé, presque militaire sur le sentier qui reliait la colline au bourg de Saint-Martial. Le soleil dans le dos projetait l'ombre d'un géant sur la portion de chemin qui se trouvait devant lui. Comme si la nature avait pressenti ce qui allait se passer, elle se taisait, manifestant ainsi sa sourde indignation face au traitement sordide que des hommes avaient voulu infliger au roi de la colline, à celui qu'on appelait trop souvent en bas « le fada ».

Lourseau n'était pas un fou, ni un sauvage. Il se devait de le rappeler à ceux qui avaient voulu le supprimer comme une dangereuse et stupide bête sauvage. À son bras pendait un sac, lourdement rempli de l'instrument de sa vengeance. Vengeance… Dans son esprit, Bernard ne savait plus trop distinguer les vrais motifs de ce qu'il s'apprêtait à faire. Contre qui en avait-il ? Ceux qui avaient voulu le laisser crever au fond du vallon désert l'autre nuit ? Ceux qui, en général et trop souvent à son goût venaient depuis quelque temps rompre sa tranquillité dans ces collines qu'il avait appris à considérer comme son territoire ? Dans sa tête, le livre à la couverture jaune trottait encore. N'avait-il pas été le signe avant-coureur de l'intrusion plus grave qui le faisait agir aujourd'hui ? Ou bien ne cherchait-il pas tout bonnement à régler de vieux comptes avec son destin, avec ce passé qui continuait sans fin de le tourmenter et à le conduire à vouloir fuir la terre entière ?

Au fond, ceux de Saint-Martial avaient peut-être raison. À vivre loin des hommes, Lourseau avait vu réactiver en lui des réflexes d'animaux. Acculé, traqué par des chasseurs, il répliquait avec la force du désespoir. Ce matin-là, ce n'était pas tant un homme qui avançait vers Saint-Martial mais bien plutôt un sanglier blessé et écumant de rage qui chargeait sur ses agresseurs.

Du bar, où toute la tribu des mâles du village était rassemblée, on le vit bien arriver et, pareil à la vigie d'un navire de guerre de la vieille marine à voile, Papin lança le cri habituel :

— Tiens, voilà le fada !

Mais très vite, chacun reporta son regard sur son verre ou sur son jeu de cartes. Depuis dix ans, on était habitué à le voir suivre toujours le même chemin en direction de la boulangerie.

C'est alors que Papin s'exclama, mi-étonné, mi-inquiet. Il avait machinalement relevé la tête et regardait à nouveau fixement la place du village.

— Eh ! Les gars, c'est pas chez Marius qu'il va ! Mais, qu'est-ce qu'il fait ? Il vient par ici ! Je crois qu'il va entrer !

En effet, arrivé au milieu de la place, Lourseau avait tout d'un coup obliqué vers la droite et se dirigeait maintenant, toujours d'un pas résolu, vers le bar de Saint-Martial. À l'intérieur soufflait comme un vent de tempête. Chacun était pétrifié. On avait l'impression d'un équipage qui attendait la collision inévitable de son bâtiment avec un écueil aperçu trop tard.

Bernard poussa lentement la porte du débit de boissons. Sous son geste, celle-ci émit un long gémissement. Une fois ouverte, il resta un long moment dans son encadrement. Il avait toujours le soleil dans le dos et la vive clarté qui l'enveloppait tout entier le faisait ressembler à quelque apparition divine. Les yeux des habitués n'en finissaient plus de cligner et de pleurer tant il était pénible de fixer cette éclatante lueur.

Lourseau entra. Il balaya d'un œil dur les tables et le comptoir avec tous ces visages ahuris par l'événement qui était en train de se dérouler. Son regard se posa brutalement sur une table en particulier. Face à lui, Édouard tirait nerveusement sur son cigare. L'étonnement lui avait fait lâcher ses cartes sur la table. Elles gisaient là, en désordre, devant ses co-équipiers et ses adversaires. Mais personne ne pensait à regarder le jeu des autres. Tous étaient subjugués par la venue de l'étranger, du « fada », du sauvage des collines.

Bernard avait senti et reconnu l'odeur du cigare de l'autre nuit et son regard d'acier ne se détachait plus du boucher de Saint-Martial. Soudain, d'un geste vif, il fourragea au fond de son sac de toile, en sortit une sombre masse métallique qu'il jeta dans la direction d'Édouard. L'objet en acier fit un bruit mat en s'abattant sur la table. Avant qu'aucun ne fasse un geste, ne profère une parole, une voix sourde s'éleva. C'était celle de Lourseau. C'était la première fois depuis dix ans qu'on entendait cette voix.

— Je viens vous rapporter votre propriété, Monsieur Giraud. Il ne faut pas laisser traîner de tels engins dans la colline. Des gens pourraient se faire mal !

Au bout d'une seconde qui sembla à tous durer un siècle, les yeux de l'auditoire quittèrent fascinés les lèvres de Lourseau pour enfin examiner l'objet qu'il avait lancé sur la table d'Édouard. Et chacun de reconnaître avec horreur l'énorme piège à ours.

Ayant dit ce qu'il avait à dire, Lourseau salua la salle d'un regard, tourna sur lui-même et se dirigea vers la sortie. C'est alors que Giraud, fou de rage d'avoir tout à la fois loupé son coup et été percé à jour, se leva brusquement, faisant valser tables, verres, cartes et piège et courut se jeter sur Bernard, son couteau de poche ouvert dans la main droite. Bernard fit une volte pour faire face à son adversaire et éviter un premier coup de lame qui fendit l'air sur sa gauche. Dans un geste de défi, il étendit les bras et fixa le boucher de ses yeux clairs.

— Et de face, comme un homme, Monsieur Giraud, est-ce que c'est aussi facile ? Allez-y, frappez ! Vous me rendriez un grand service !

À ces mots et face à ce regard vide de toute peur, Giraud lâcha le couteau. Vaincu par la folle détermination de son ennemi, il recula en chancelant et s'abattit sur une chaise. Il porta ses mains à la tête et sanglota nerveusement. Lourseau sortit. Il se dirigea vers la boulangerie, acheta son pain sans un mot et regagna ensuite le sentier de ses collines où il espérait avoir gagné le respect de Saint-Martial et le retour à la paix.

Parmi toutes les personnes qui restaient figées à regarder Lourseau s'éloigner sur le sentier caillouteux, Jeanne était la plus impressionnée. Elle se trouvait dans la boulangerie quand Bernard avait fait son entrée. Un bref instant leurs regards se croisèrent et l'inconnu des collines resta comme interdit face à la jeune femme. Puis, sans un bruit, comme le murmure d'une ombre, il reprit son chemin laissant l'institutrice clouée sur place, incapable de faire un mouvement. Il se dégageait de cet homme une telle impression de puissance et de dignité que Jeanne en était comme subjuguée. « Le fada » était si loin du portrait que lui en avait dressé Giraud qu'elle se maudissait presque d'avoir un bref instant eu peur de lui lorsque près de la mare le boucher l'avait mise en garde. Elle comprenait mieux maintenant la profonde admiration que le maire de Saint-Martial nourrissait pour Lourseau, colosse formidable, homme dans toute sa sauvagerie, âme noble terriblement tourmentée.

Comme la lueur de l'astre du jour lorsqu'il descend derrière l'horizon, le charme de l'inconnu ne s'estompa que très lentement dans l'esprit de Jeanne. Lorsqu'elle reprit vie et sortit de la boulangerie, il était déjà hors de vue, retourné dans les profondeurs de son royaume de pierres et de verdure.

Jeanne s'en alla vers l'école. Sur son chemin, elle croisa le Grand Marcel qui se hâtait en direction du bistrot. Aussitôt, elle demanda :

— Que s'est-il passé ?

Elle tourna le menton vers l'établissement de Papin.

— Je ne sais pas vraiment. Une dispute, je crois. Un événement incroyable. « Il » a parlé. Il paraît que l'affaire est grave. Quand j'aurai plus d'informations, je vous les communiquerai.

Le maire avait craché les mots de sa réponse tel un télégraphiste et sans presque s'arrêter dans son élan. Jeanne poursuivit son chemin s'en voulant d'être aussi impatiente de connaître le déroulé complet des événements de la matinée. Était-elle devenue aussi commère que la boulangère ? L'esprit de village avait-il déjà déteint sur elle ? Ou bien ses préoccupations pour Lourseau ne venaient-elles pas d'un sentiment en train de poindre dont elle n'avait même pas encore pris conscience ?

Marcel entra dans le bistrot, poussant la porte du troquet sans ménagement. Il regarda la grande salle et arrêta ses yeux quelques instants sur Édouard, toujours prostré sur sa chaise. Il se dirigea vers le comptoir. En se penchant légèrement, il écouta avec gravité Papin lui faire un bref compte rendu des événements. Chasse hocha plusieurs fois de la tête, jeta un œil sévère et indigné sur le piège à ours qui gisait au sol, puis se dirigea vers Giraud. Il se planta devant lui et laissa tomber d'une voix chevrotante de colère :

— Je devrais prévenir les gendarmes. Est-ce que tu te rends compte que c'est de tentative de meurtre dont il s'agit ? Tu es complètement devenu fou ou quoi !

Édouard, levant des yeux larmoyants de chien battu bafouilla :

— Oh non, Marcel, je t'en supplie, pas les gendarmes, pense un peu à ma femme et à mon petit Nicolas. Qu'est-ce qu'ils vont devenir si je pars en prison ?

— Tu aurais pu penser à ça plus tôt, avant de faire tes conneries. Et à lui, tu y as pensé, dis, lorsque tu as installé cette saloperie ? Tu t'es mis quelques secondes à sa place ? Tu t'es imaginé avec cette merde en travers de la jambe, en train de te vider de ton sang, loin de tout secours ? Même à un chien enragé on ne réserverait pas une telle fin ! Tu me dégoûtes Édouard, tu me dégoûtes !

— Arrête ! Je t'en prie, arrête ! Pas les gendarmes ! Je ne sais pas ce qui m'a pris. Je ne voulais pas…

— Bon, ça va ! De toute façon, ça m'étonnerait qu'il porte plainte contre toi. Même s'il en a le droit. On oublie les gendarmes. Mais considère désormais que tu n'es plus le premier adjoint de la commune. Je te retire sur le champ toutes tes délégations et je te demande d'abandonner ton mandat de conseiller municipal. Ton attitude est totalement incompatible avec les devoirs d'un élu du peuple.

— Comme tu voudras.

Sur ces mots, Marcel tourna les talons et sortit dans un silence de mort.

Lourseau avait rejoint la cabane. Il s'y sentait à nouveau en sécurité. Pas comme l'autre soir où il était traqué comme un animal et où il l'avait trouvée bien frêle face aux attaques éventuelles du monde extérieur. Un monde que Lourseau comprenait de moins en moins au fur et à mesure qu'il s'enfonçait dans sa solitude, qu'il s'emmurait dans l'immensité végétale et minérale de ces collines. Il maudissait ceux qui aujourd'hui l'avaient forcé à parler, à communiquer autrement que par quelques gestes ou regards. Chaque mot qu'il avait prononcé à l'intention de cette brute de boucher lui avait causé plus de mal qu'un coup de poing à l'estomac.

Et puis, il y avait eu cette vision quand il était entré dans la boulangerie de Marius. Cette jeune femme qui bousculait le cours normal et monotone de ses pensées. En dix ans, même en évitant le plus possible le contact avec la population du bourg, il avait appris à reconnaître de vue chacun des habitants de Saint-Martial. Il ne lui avait fallu que quelques secondes pour comprendre qu'elle était une nouvelle venue. Et combien de temps pour faire le rapprochement avec le livre à la couverture jaune ? Sans chercher, sans déduire, instinctivement, il avait presque tout de suite su que l'ouvrage lui appartenait. Pourquoi est-ce que le souvenir du regard de cette jeune femme avait si vite occupé tant de place dans ses pensées ? Lui, le solitaire, l'ermite retiré du monde. Son image imprimée dans sa mémoire lui faisait mal, comme une brûlure qui appelle le souvenir douloureux d'autres blessures du passé, du temps perdu, du bonheur enfui, de l'époque si lointaine et pourtant encore si proche où il vivait, pensait et aimait comme les autres.

Comme un fauve pris au piège, il ne se sentit plus à son aise dans cette cabane qui rappelait trop encore le monde d'en bas. Brutalement, Lourseau se saisit de son fusil et sortit en claquant la fragile porte de son non moins fragile logis. Il s'enfonça dans les profondeurs sombres des taillis, là où aucun homme sauf peut-être de très lointains ancêtres n'était jamais allé, là où il pourrait enfin vraiment être seul et tenter d'oublier.

VIII

Tristes et monotones journées de fin d'hiver. Quand les travaux des champs tardent à reprendre, que l'on se serre la nuit venue autour du poêle ou de l'antique cheminée, que les réveils au petit matin sont difficiles lorsque l'on doit abandonner la chaude moiteur de son lit pour le gel et le soleil blafard du dehors.

C'était ainsi à Saint-Martial comme ailleurs dans cette Provence du temps passé que l'on a souvent le tort d'imaginer toujours baignée de soleil et de chaleur. Le froid peut aussi y être mordant, insoutenable même quand le mistral s'en mêle et qu'il balaie les nuages échevelés pour laisser un ciel bleu d'azur, splendide écrin des hivers rigoureux.

Alors, la vie ralentit. On reste au chaud chez soi. Même les chats ne sortent plus le soir venu pour chasser les souris. Ils restent enroulés sur eux-mêmes près du fourneau ou au fond d'un fauteuil. Ils font la paix avec les chiens. Les commérages ralentissent eux aussi. Au bar, les verres se remplissent moins vite et les vacances d'hiver venues, l'école se vide laissant l'institutrice tout étonnée de ne plus entendre les cris stridents des enfants aux récréations qui rythment leurs journées et les siennes.

Jeanne regardait pensive au travers des carreaux de la fenêtre de son logement de fonction. Les cahiers corrigés, les futures leçons préparées, plus rien à faire. Ses yeux se portaient sur cette colline où elle promenait encore il y a quelques semaines sans se douter qu'elle était la terre d'asile d'un des plus fascinants personnages qui lui ait été donné de rencontrer.

Que faisait-il en ce moment ? Où se trouvait-il ? Comment vivait-il ? il faisait si froid dans les rues du village que Jeanne n'osait imaginer ce que cela pouvait être là-haut, de l'effet que pouvait faire le vent glacial lorsqu'il s'engouffrait dans un vallon pour ensuite, plein de vigueur, vous fouetter le visage ou les reins.

Cela faisait plusieurs dimanches déjà que Jeanne était restée déçue dans son attente de l'apparition de Lourseau au village. Il n'y était plus venu depuis son altercation avec Giraud. Les premiers temps, elle s'était inquiétée de cette absence prolongée et s'en était ouverte au maire. Marcel l'avait un peu rassurée en lui disant qu'il était fréquent que l'hiver il espaçât ses visites au bourg.

Tout de même, la capacité de résistance de cet homme aux maigres ressources face aux rigueurs d'un milieu aussi difficile défiait l'imagination et forçait au respect. Même ses plus farouches ennemis reconnaissaient qu'il « fallait en avoir » pour tenir comme ça, seul, en pleine colline, durant l'hiver, sans avoir recours à la civilisation pendant des semaines entières. C'est ce que disaient parfois les compagnons d'Édouard Giraud lorsqu'ils trouvaient le courage de quitter leurs chauds logis et de traverser les frigorifiques rues jusqu'au bistrot.

Édouard, lui, restait muré dans son silence, assis au bout du comptoir, le regard baissé, ne se mêlant plus aux conversations. Son attitude avait d'abord étonné, on avait essayé de le faire réagir en lui demandant si par hasard il ne se prenait pas pour le « fada » en ne voulant plus parler. Puis, chacun en avait pris son parti et l'avait laissé ruminer dans son coin. Il avait suivi les conseils de Marcel et avait démissionné en toute discrétion du conseil municipal. Il semblait vouloir jouer profil bas, mais ceux qui le connaissaient bien lisaient dans ses yeux tout ce qu'ils contenaient de rancœur et de haine. Le poison de la vengeance coulait dans ses veines et inondait son esprit. Il finissait par en être obsédé. Se venger du « fada » bien sûr, mais aussi de ce maire dont il avait tant de fois envié d'occuper le fauteuil et face auquel il avait dû ramper devant tout le village pour ne pas partir en prison. C'en était trop pour son orgueil !

Seul. Toujours seul. Jusqu'à ce que le bruit du silence devienne assourdissant et remplisse tout l'espace de son cerveau. Lourseau aimait ces longues périodes hivernales où le froid était tel qu'il ne sortait presque plus. Comme un animal qui se recroqueville au fond de sa tanière, il ne quittait plus sa cabane et vivotait sur ses réserves, bien maigres, mais suffisantes. Dans ces moments, ses besoins se réduisaient au strict minimum. Il pouvait rester des jours sans rien manger, comme perdu au bord du vide, au bord d'un gouffre qui semblait l'appeler et autour duquel il jouait au funambule depuis plus de dix ans. La douleur de l'absence lui avait peu à peu appris à s'absenter de lui-même et à partir pour un ailleurs qu'il était le seul à connaître. Celui des souvenirs, de cette mémoire si nette, si précise, faite d'images qui lui faisaient parfois croire qu'elles étaient encore la réalité. De ces moments d'évasion qu'il savait illusoires, Bernard sortait toujours plus désespéré. Mais, avec le temps, ce désespoir était devenu sec et froid comme le temps qui faisait dehors. Le temps. C'était bien la seule chose avec laquelle Lourseau ne parvenait pas à régler ses comptes. Combien de temps encore à jouer cette vie de mort-vivant ? Le dernier saut, du haut d'une falaise, au fond d'un vallon sombre ? La corde, à l'enfléchure de deux branches du chêne centenaire qui surplombait la cabane ? La balle du vieux fusil, accroché là, devant lui au-dessus de l'âtre ? Bien sûr, il y avait pensé. Mais, il sentait confusément que cette fin rapide et définitive n'était pas pour lui. La peur n'y était pour rien. C'était plutôt de l'ordre d'un profond et ancestral instinct animal de survie. Comme une fatalité, bien plus forte que lui et qui s'imposait à tout son être. Dieu ? Il n'y croyait pas. Il n'avait pas de nom à mettre sur cette force qui lui interdisait ce passage à l'acte ultime et lui dictait de continuer encore à souffrir, enfermé qu'il était dans un passé dont il ne pouvait pas sortir, bloqué dans cette impasse qu'était devenue sa vie. Et pourtant… qu'il était dur de voir se lever le soleil tous les matins et de traverser ces journées toutes semblables, identiques l'une à l'autre en se sentant étranger à soi-même. Le temps, le temps… il le trouvait bien long.

Et puis, un beau matin, le cycle des saisons tourne enfin. Le soleil brille plus, l'air se réchauffe et toute la nature impatiente de ces signaux se réveille d'un coup et repart à l'assaut de la vie. Pour Lourseau, ce moment était pour lui aussi celui du sursaut. Il était alors pris d'une frénésie d'activité : réparer les injures du mauvais temps sur le toit et les murs de sa cabane, préparer le potager, poser à nouveau ses pièges. L'espoir ? Non, Bernard n'en avait plus : l'Encore. Passer encore une saison, puis l'autre, comme emporté par la grande roue sans frein de la vie, plus vraiment la sienne. Redescendre au village pour chercher du pain. Cela ramenait Lourseau aux événements qui avaient précédé son hibernation. Lui, avait dû parler, se défendre… comme un homme, menacé qu'il était par la folie et l'intolérance d'autres hommes. Cela lui avait fait mal de briser ce silence qu'il s'était imposé. Il avait eu l'impression de se trahir en acceptant le jeu normal de la société, cette société avec laquelle il avait décidé de rompre de façon définitive, radicale. Mais, prendre cette décision n'avait pas suffi. Il ne voulait pas de rapports avec les autres, mais eux n'étaient pas de cet avis. Ils n'acceptaient pas ce qu'il était devenu et lui étaient hostiles. La peur, la haine de la société, c'est ce qu'il avait récolté en voulant s'y soustraire. Peut-être que ces collines n'étaient pas encore assez isolées. Mais où fuir alors ? Où trouver cette paix à laquelle il aspirait ? Partir, aller plus loin ? Il ne s'en sentait pas la force et puis, depuis tout ce temps, il avait appris à considérer cette terre comme son univers, son territoire. Au fond, ils avaient raison, il était devenu un sauvage que l'on ne peut déraciner, qui ne fait plus qu'un avec la portion de nature qu'il occupe et dont il vit. Il avait besoin de cette colline. Il s'y accrochait comme un naufragé s'accroche aux débris d'épave qui flottent et qui passent à sa portée. Non, il ne partirait pas. Il résisterait. Et il avait parlé. Entendre le son de sa voix l'avait presque fait défaillir dans ce bar où il entrait pour la première fois. Croiser ces regards, à nouveau entrer en relation avec d'autres êtres humains avait été pour lui étrange. Alors qu'il pensait ne plus savoir, spontanément, l'éloquence lui était revenue, fidèle au rendez-vous. Lui, l'ancien professeur émérite, pour un peu, il aurait pu se lancer à nouveau dans un cours magistral. Comme avant… comme ce jour-là… non, pourtant. Plus rien ne pourrait jamais plus être comme avant. Certaines blessures ne se referment pas et celles de l'âme sont les pires. Il était un hémophile de l'âme. Il savait qu'elle resterait à jamais brisée.

Mais, dans sa fuite, voilà qu'il était rattrapé par des événements dont il n'avait pas la maîtrise. Cette hostilité de la population vivant dans son voisinage, il ne l'avait pas prévue, ne l'avait pas vue venir. Il comprenait ce qui était en train de se passer. Il savait bien contre quoi il avait à se battre. Contre ce que philosophiquement il avait toujours combattu : l'intolérance, nourrie de la peur de l'autre. Lutter contre elle avait été un des fondements de son engagement dans le métier d'enseignant. Mais, cela, c'était sa vie d'avant. Aujourd'hui, c'était pour se défendre lui qu'il était contraint d'agir. Même s'il espérait ne pas avoir à renouveler l'expérience, il sentait bien que son coup d'éclat de l'autre jour ne suffirait pas à régler le problème définitivement. Il devait se préparer à une longue lutte. Il avait croisé le regard de ce Giraud et y avait lu un sentiment qu'il ne connaissait que trop bien : la haine. La haine, il l'avait expérimentée. Pas la haine des autres, mais celle de la vie. Mais, au fond quelle différence. Il savait que comme sa sœur jumelle, l'amour, la haine était un puissant mobilisateur d'énergie, qu'elle était le carburant des pires folies des hommes. Il l'avait vue à l'œuvre sur les champs de batailles de la Grande Guerre, quand l'Autre, celui d'en face, à coup de bourrage de crâne, n'est plus bon qu'à être déchiqueté, démembré, quand on ne voit plus en lui un homme mais le Mal à éliminer. Lourseau était prêt à soutenir ce combat contre la haine. Il espérait bien cependant que ce serait le dernier. S'il était venu se perdre ici, c'est parce qu'il était fatigué de se battre. Pourtant, le Destin semblait vouloir le contraire. Il fallait reprendre les armes. Mais, lesquelles ? Quelle stratégie ? Quelle cible ? Ici, ce n'était pas la guerre. C'est facile, la guerre, d'autres pensent pour vous. La guerre, ce n'est pas la vie. Ici, c'était la vie… La vie. Comme c'était étrange, avant ces événements, il croyait ne plus en avoir de vie. Et c'est bien ce qui le perturbait le plus : sentir que contre lui-même, on le ressuscitait, on le ramenait dans un jeu auquel, pourtant, il n'avait plus voulu participer. Et il avait eu beau se terrer dans sa masure toute la mauvaise saison, puis le printemps revenu s'éreinter à ses travaux habituels, il savait que depuis sa descente au bar de Saint-Martial, plus rien ne serait comme avant, ou plutôt, tout risquait de redevenir comme avant. À cela, il n'était pas prêt. Pour la première fois depuis très longtemps, Lourseau avait peur.

Jeanne aimait énormément cette période de l'année. Quand les beaux jours reviennent comme la promesse de temps meilleurs. Elle voyait bien que le printemps avait aussi un effet bénéfique sur ses élèves, ou bien était-ce elle qui était tout à coup plus performante, plus dynamique dans la conduite de sa classe. Elle ne pouvait pas s'empêcher de penser au solitaire des collines. Pour lui aussi l'arrivée de la belle saison avait dû être une délivrance. Sans vraiment se l'avouer, elle avait hâte de le voir revenir au village. Elle guettait le coin de la rue Grande de Saint-Martial depuis plusieurs dimanches en espérant voir se découper dans le soleil levant la haute silhouette de cet homme mystérieux qui dégageait tant de force et même un certain charme. Mais les semaines passaient et il ne venait pas. Jeanne commençait à s'inquiéter pour lui. C'était étrange, elle ne le connaissait pas et pour cause, il faisait tout pour rester un inconnu, et pourtant, elle se sentait proche de lui. Ne lui était-il rien arrivé dans sa solitude hivernale ? Est-ce qu'aucun accident, aucune mauvaise chute ou aucun autre piège posé à son intention par les fanatiques « anti-fada » du village ne l'avait blessé ou pire ? Parfois, Jeanne se réveillait en sursaut de ces pensées, comme un animal qui s'ébroue. Elle cherchait alors, agacée à les rejeter hors de son esprit, à songer à autre chose. Mais, cela semblait plus fort qu'elle. Elle y revenait à plusieurs moments de la journée. Le matin, au réveil, à la pause déjeuner, le soir, après la classe, la nuit, avant de se coucher, Jeanne pensait à lui. Pourquoi ? Elle n'arrivait pas vraiment à le comprendre. Que se passait-il dans sa tête ? Par quelle magie, par quel sortilège cet inconnu avait-il réussi à s'imposer ainsi à son esprit ? Cela commençait à l'obséder, d'autant qu'elle ne pouvait s'en ouvrir à personne. À qui en parler ? À Saint-Martial, depuis l'affaire du bar, le « fada » semblait être devenu un sujet tabou. Autour de lui, le village était plus que jamais coupé en deux. Pour l'instant, les partisans du maire semblaient en position de force. Mais ce n'était qu'une illusion et l'institutrice en avait bien conscience. Le camp de l'intolérance, encore K-O, jouait profil bas mais comptait bien plus d'hommes et de femmes que celui du Grand Marcel. Jeanne n'avait vraiment pas envie d'en rajouter une couche en posant des questions, même au premier citoyen de la commune. Elle craignait de le mettre encore un peu plus en difficulté. Elle avait compris quelques-unes des règles de fonctionnement du village et savait que toute conversation avec Chasse serait épiée et rapportée à l'autre camp qui fourbissait ses armes et n'attendait qu'un prétexte pour passer à la contre-offensive. Elle ne voulait pas être ce prétexte. Et puis, elle craignait que le maire ait des soupçons sur ses réelles intentions et sur ses sentiments pour l'inconnu des collines dont elle ne connaissait que le nom : Bernard Lourseau. Ses sentiments ? Elle-même était un peu perdue à leurs sujets. Que ressentait-elle vraiment ? Elle ne le savait pas encore. Sur ses intentions, les choses étaient plus claires, elle voulait savoir, percer le mystère de cet homme, comprendre qui il était vraiment et pourquoi il en était arrivé là. Elle se sentait poussée par une irrépressible envie de savoir. Bien plus, elle ressentait le devoir de savoir. Sa décision était prise. Aux prochaines vacances, elle quitterait Saint-Martial en prétextant une visite à des membres imaginaires de sa famille. Elle irait à Marseille. Là, elle ferait son enquête. Son but : découvrir qui était Bernard Lourseau.

Au petit matin, le train en partance d'Aubagne entrait en gare Saint Charles. Marseille. Jeanne connaissait mal cette ville. Elle n'avait fait qu'y passer lorsqu'elle avait quitté son Sud-Ouest natal pour commencer une nouvelle vie. Devenir institutrice, former la jeunesse, faire grandir les citoyens de demain. Jeanne y croyait. Elle s'était engagée dans ce métier par vocation, suivant l'expression consacrée, même si elle détestait l'expression. Elle ne vivait pas le choix de son métier comme celui d'une quelconque entrée dans les ordres. Il n'y avait rien de religieux ou de sectaire dans le cheminement personnel qui l'avait conduite à faire l'École Normale. Jeanne, depuis la mort prématurée de ses parents avait quelques comptes à régler avec la foi et ceux qui prétendaient la professer, elle était devenue une anticléricale virulente, « une bouffeuse de curaille » comme on disait par ici. « La vocation d'enseignante », cela lui faisait penser à celle des bonnes sœurs et elle n'était pas une bonne sœur. Elle ne voulait pas que ses élèves l'appellent « Mademoiselle ». Elle ne voulait pas qu'à vingt-trois ans on la considère comme une future vieille fille, comme une « Mademoiselle Gertrude » en devenir. Elle était une femme moderne vivant dans une époque de grands changements où toutes celles de son sexe pourraient bientôt sortir de l'ombre des « Grands Hommes », de la soumission dans laquelle des siècles de traditions chrétiennes les avaient sans cesse rabaissées. Jeanne était féministe, mais à sa façon. Elle était indépendante, se méfiait des groupuscules, des sectes et des chapelles. Elle ne se sentait pas proche des Suffragettes. Jeanne était anarchiste. Comme l'homme des collines, à sa manière, c'était une solitaire. Elle n'avait pas l'âme d'une encartée. Elle aimait trop sa liberté née de cette vie qui l'avait injustement condamnée trop tôt à se retrouver sans le soutien d'une famille. C'était ce petit bout de femme fière et sans attache, belle et déterminée qui mettait vraiment pour la première fois le pied dans cette grande ville de Marseille. Marseille, la sulfureuse, la ville à la mauvaise réputation, le repère des marlous, la Chicago française avec ses tripots, ses bordels, ses règlements de compte au petit jour. Mais aussi, la ville porte d'entrée sur la Méditerranée et au-delà sur les mondes lointains, un grand carrefour de civilisations, de mélanges, de métissages. Marseille la chaude, Marseille la cosmopolite faisait un peu peur à Jeanne, mais la fascinait aussi. Descendre les marches de la gare, aller par la Canebière jusqu'au Vieux Port, c'était croiser des regards, voir des tenues, sentir des odeurs et entendre des bruits qui vous faisaient entrer dans cent, mille univers différents et pourtant imbriqués comme un kaléidoscope multicolore. Marseille séduisait Jeanne à chaque pas. Cet apparent désordre, ces voix fortes aux accents étranges ne cessaient de l'étonner, de l'interpeller. Pour un peu, à voir cette ville, faite des milliers d'existences rassemblées dans ces rues, elle aurait presque pu oublier la raison de sa présence ici. Mais, un instant seulement. Rien ne semblait pouvoir bien longtemps la dévier de sa quête. C'est aux sièges des principaux journaux régionaux qu'elle avait décidé de se rendre d'abord, puis elle irait aux Archives. Elle était patiente, prête à prendre le temps pour tirer tous les fils de l'écheveau qu'elle avait résolu de démêler. Elle allait, très indiscrètement, pister les traces qu'avait pu laisser cet homme : actes d'État civil, coupures de presse, dossiers administratif et militaire... Elle voulait tout passer au crible et n'hésiterait pas à mentir, à user de voies détournées pour obtenir les renseignements qu'elle désirait. Pour comprendre l'homme des collines d'aujourd'hui, elle allait fouiller inlassablement pendant des jours le passé de Bernard Lourseau. Son nom, c'était le seul point de départ pour commencer l'enquête. C'était bien mince, elle le savait. Ce serait long. Elle avait tout son temps.

IX

L'enfant était là, allongé devant lui sur sa paillasse, inerte, ou presque, très pâle. Seuls quelques faibles gémissements lui indiquaient de temps en temps qu'il était encore en vie. Il avait perdu beaucoup de sang de cette mauvaise blessure au ventre avant qu'il ne réussît à stopper l'hémorragie. Maintenant, la fièvre avait envahi tout son corps et Lourseau se sentait désemparé. Il ne savait pas quoi faire. Il avait trouvé le petit au bas d'une falaise, en contrebas du plateau du Solitaire alors qu'il faisait la tournée de ses pièges. S'il n'avait pas poussé un léger murmure sur son passage, il ne se serait même pas rendu compte de sa présence. Il gisait là, au milieu des broussailles, à moitié enseveli sous un éboulis de pierres et de glaise, baignant dans son sang. Bernard avait eu toutes les peines du monde pour le dégager avant de l'examiner fébrilement. Puis, il l'avait chargé sur son dos et l'avait ramené à sa cabane. Là, il avait pu lui prodiguer les premiers soins, avec les moyens du bord. Il n'était pas médecin, mais son expérience des tranchées et sa vie de solitaire lui avaient donné l'habitude de se tirer tout seul d'affaire. Depuis dix ans, il n'avait plus vu un docteur, ni franchi la porte d'une pharmacie. Il se débrouillait avec les plantes des collines et un vieux flacon d'alcool. Mais là, il sentait bien que le cas de l'enfant excédait de beaucoup ses compétences et ses maigres moyens. Il fallait faire quelque chose et vite, ou bien il serait trop tard. Mais quoi ? La nuit allait bientôt tomber. Le docteur Fernand, aux Merlusses ? De jour, c'était bien quatre ou cinq heures de marche à travers d'anciennes restanques, vallons et éboulis. Ramener l'enfant à Saint-Martial, il fallait bien compter deux heures de descente. Et après ? Le temps que le docteur soit prévenu et qu'il arrive, il risquait fort que ce soit trop tard pour le petit. Lourseau était dans un état second. Pour la première fois depuis des années, il s'inquiétait pour quelqu'un. Par la force des choses, le sort de cet enfant qu'il ne connaissait pas le concernait. Il avait à prendre une décision. De celle-ci allait dépendre la vie ou la mort de quelqu'un d'autre que lui. Que faire ? Lourseau était pleinement conscient qu'il n'avait pas beaucoup de temps pour tergiverser. Quoiqu'il fît, les risques étaient grands de voir toute cette histoire finir en tragédie. Rester ici, dans la cabane jusqu'à ce que le jour se lève ? Partir pour les Merlusses ? Pour Saint-Martial ? Brusquement, Lourseau trancha. Il se leva, prit précautionneusement le petit et le cala en travers de son épaule. Il se munit de sa lanterne sourde et sortit. Ce serait Saint-Martial. Les Merlusses étaient vraiment trop loin et le chemin trop accidenté. Les risques pour l'enfant auraient été trop grands. Au soleil couchant, Bernard se mit en route du pas le plus rapide qu'il put compte tenu de son fragile fardeau. Il devait s'arrêter régulièrement pour reprendre son souffle. L'enfant pesait lourd. Il en profitait pour vérifier s'il respirait encore, si le sang ne s'était pas remis à couler de sa blessure. Il l'avait désinfectée et l'avait refermée avec des épingles de sûreté. Un travail de boucher, pensait-il. Mais, il n'avait pas eu le choix. Il savait que sans ça, l'enfant serait mort. Restait cette fièvre qui ne voulait pas baisser. Bernard savait de quoi elle était le symptôme : septicémie, infection qui risquait vite de se généraliser. Il reprenait l'enfant sur son épaule et allongeait le pas. Il fallait se presser. Il n'y avait pas de temps à perdre. Chaque minute pouvait être celle de trop. Lourseau pressentait que c'était trop long, que Saint-Martial était trop loin. Il perdait trop de temps. Il fallait aller plus vite. La marche forcée qu'il s'imposait ne suffisait pas. Alors, malgré l'épuisement qui peu à peu le gagnait, malgré l'obscurité qui devenait de plus en plus profonde et le faisait souvent trébucher, il décida de tenter le tout pour le tout. Il allongea encore un peu plus le pas, accéléra. Dans les chemins creux encombrés de broussailles, il se mit à courir, vite, de plus en plus vite. Les branches lui griffaient le visage, l'enfant sur son dos pesait comme du plomb, mais, en serrant les dents, il courait à toute allure. Il sentait que la vie du garçon dépendait de sa résistance physique. Il fallait tenir. Il devait y arriver. Combien de temps encore ? Il en avait perdu l'exacte mesure. La nuit, la fatigue due à l'effort violent qu'il s'imposait depuis de trop longues minutes, l'angoisse devant la situation lui faisaient peu à peu perdre sa lucidité. Il n'était plus tendu que par un seul but : arriver à Saint-Martial le plus vite possible. Tout à coup, il entendit une petite voix sur son dos. C'était l'enfant. Il était revenu à lui. Dans un gémissement plaintif il demanda :

— Maman ? Où est ma maman ?

— Rassure-toi, petit, tu seras bientôt avec elle.

Et voilà, il avait encore une fois parlé à quelqu'un. Mais cette fois-ci, ce n'était pas quelque chose de préparée à l'avance, de répétée. Ce n'était pas un monologue. Il avait répondu à ce gamin de façon immédiate, quasi-instinctive. Il avait en quelques dixièmes de seconde renoué avec cette part d'humanité qu'il avait choisi de faire taire en lui depuis tant d'années. Comme ça, naturellement, pour apaiser les craintes d'un enfant perdu, blessé, que lui, le sauvage des collines était en train de sauver.

— Mais, qui êtes-vous ? demanda l'enfant d'une voix angoissée.

— Un ami qui est là pour te tirer d'un mauvais pas. N'aie pas peur, on arrive bientôt au village, tu vas revoir tes parents.

— J'ai mal, Monsieur, j'ai froid.

— Je sais, petit, allez, il faut que tu tiennes le coup encore un peu. Tout sera bientôt fini.

Lourseau avait du mal à tenir cette conversation avec cet enfant à cheval sur son épaule et en courant. C'était dans un souffle haletant, presque un murmure qu'il lui répondait ; la douleur physique n'était pas la seule en cause. Bernard était submergé par l'émotion de cette conversation surréaliste sous les étoiles. Il avait conscience que pour aider l'enfant à tenir, il ne devait pas se taire. Il ne fallait pas cesser de lui parler. Il lui demanda alors :

— Comment t'appelles-tu, petit ?

— Nicolas, Monsieur, Nicolas Giraud.

Bernard se demanda alors quel tour étrange le Destin s'amusait à lui jouer. Il était en train de sauver le fils de celui qui avait cherché à le tuer comme un animal nuisible quelques semaines plus tôt, celui dont il avait croisé le regard empli de haine dans ce bar, à qui il avait lancé des mots pleins de défi. Quelle ironie du sort.

— Et vous, Monsieur, qui êtes-vous ?

— Je m'appelle Bernard… Bernard Lourseau.

Un voile se déchirait dans l'esprit du vieux solitaire. Pour la première fois depuis dix longues années il venait de décliner son identité à quelqu'un. Pour la première fois depuis dix ans il venait de s'entendre dire son nom. Depuis le temps, il croyait ne plus en avoir un. Et c'était comme un réveil lent, douloureux après un long cauchemar dont on sort hébété.

Mais Bernard ne pouvait pas s'appesantir sur lui-même. Les états d'âme, ce serait pour plus tard. Il fallait continuer. Aller encore plus vite. Il devait sauver l'enfant. Les premières lumières du village apparaissaient. Elles lui redonnèrent de la force et du courage. Dans un dernier effort, il déboula sur la rue Grande. Il pensait que son arrivée passerait inaperçue à l'heure tardive qu'il était. Il comprit vite qu'il s'était trompé. Sur la place régnait une véritable effervescence. Les habitants étaient tous dehors, s'interpellaient, gesticulaient à la mode du pays. Les hommes avaient tous leurs chiens de chasse en laisse. Bien sûr, la disparition de l'enfant était la cause de toute cette agitation. Lourseau arrivait au moment où le Grand Marcel commençait à organiser les recherches après avoir eu à gérer l'angoisse bruyante d'une mère et la peur colérique de son ancien premier adjoint devant la disparition de leur fils unique, la prunelle de leurs yeux. Quand Bernard fut visible de tous, courant, le petit sur son épaule, un silence figea d'un coup toute l'assemblée, comme si les habitants avaient été changés en statues de sel. Tout le monde regardait cet homme que certains détestaient, qu'aucun ne comprenait en train de ramener l'un des leurs, un des enfants du village. En voyant la voiture du docteur, Lourseau fut soulagé. Il avait fait le bon choix en venant à Saint-Martial. Chasse avait demandé au médecin de venir en début de soirée, peu après avoir été informé de la disparition de Nicolas. Bernard savait maintenant que l'enfant serait sauvé. Il lui murmura :

— Ça y est, petit, tu es arrivé chez toi, ne t'inquiète plus, ça va aller maintenant.

Il cessa de courir pour effectuer les derniers mètres qui le séparaient du centre de la foule toujours silencieuse et immobile. Et c'est au milieu de tous ces visages graves qui le fixaient qu'il vint déposer délicatement le corps meurtri de l'enfant. Aussitôt, le médecin, la mère, le père, le maire se pressèrent autour de lui et s'affairèrent. Lourseau recula de quelques pas. Il hésitait. Un conflit avait lieu au fond de lui-même. Devait-il tourner les talons, sans un mot et revenir au plus vite à sa solitude ? Ou bien fallait-il rester un peu. Voir si l'enfant s'en tirerait. Parler peut-être.

Encore. Il fut sorti de ses réflexions par le docteur Fernand.

— Monsieur, cet enfant vous doit la vie. C'est vous qui avez refermé cette vilaine blessure au ventre ?

— Oui, j'ai fait ce que j'ai pu, avec ce que j'avais. Mais le petit a fait beaucoup de fièvre. J'ai craint une septicémie.

— Mais en stoppant l'hémorragie, vous avez évité le pire.

Le docteur se tourna alors vers les parents :

— Je vais lui donner quelque chose pour la douleur et contre l'infection et demain matin, je l'amènerai à l'hôpital. Mais ne vous inquiétez pas. C'est une simple précaution. Votre petit va s'en tirer. On peut dire qu'il a eu de la chance. Une chance incroyable. Sans Monsieur Lourseau, il serait mort. Vous pouvez le remercier.

— Le remercier !

Giraud regardait tour à tour le docteur, l'assistance et cet homme qui venait de lui ramener son fils, à qui il devait tant désormais. Mais, la haine était la plus forte. Elle était en train de troubler complètement son esprit. Il avança vers Lourseau en se composant un visage souriant, comme une bête fauve avance lentement pour ne pas éveiller la méfiance de sa proie et, arrivé à sa hauteur, il lui décocha un formidable coup de poing en pleine face. Bernard, épuisé par les efforts de la nuit, ne résista pas à l'impact. Il vacilla sur ses jambes et tomba dans la poussière. Un silence de mort s'établit autour des deux hommes. Le boucher de Saint-Martial, écumant de rage se tenait debout devant sa victime. Il éprouvait un plaisir fou à la dominer ainsi de toute sa hauteur. Avant que le docteur et le maire ne se saisissent de lui, il eut encore le temps, dans un ultime déchaînement de violence, de donner un coup de pied dans le ventre de Lourseau. Puis, il se mit à hurler :

— Lourseau ! Alors, c'est ça ton nom. Salaud ! Et vous autres, vous vous laissez avoir par ses bobards, bien sûr. Vous ne comprenez pas que tout ça n'est qu'une sale mise en scène. C'est un monstre qui a fait du mal à mon fils. Sale malade ! Et ensuite, pour être tranquille, il joue au bon Samaritain. Il se fait passer pour un sauveur. Et vous tous, vous marchez ! Pas moi ! Je ne me laisse pas berner par ce malade, par cette bête aux trois quarts sauvage. Allez, laissez-moi tuer cette ordure ! Vous ne voyez pas qu'il est dangereux. Demain, ce sera votre enfant qu'il amochera et peut-être qu'il ne le ramènera pas ici en faisant semblant d'être un héros.

— Allez ! Giraud, ça suffit maintenant. Rentre chez toi avec ta famille. Mais, je te préviens, si Monsieur Lourseau porte plainte cette fois, je ne te couvrirai pas. Ce sera les gendarmes, tu n'y couperas pas !

Par ces mots, le Grand Marcel cherchait à clore l'incident. C'est alors que du fond de la place, un nouvel événement inattendu se produisit. Le petit Nicolas s'était levé. On n'avait plus fait attention à lui depuis le début de l'esclandre de son père. En claudiquant, sans que personne ne songe à l'en empêcher, il traversa les quelques mètres qui le séparaient du solitaire des collines. Ce dernier, non sans mal essayait de se relever et c'est l'enfant qui l'y aida. Puis, il lui dit :

— Pardonnez mon père, Monsieur Lourseau, il ne sait pas ce qu'il dit et il ne sait pas ce qui s'est passé. Je vous remercie de m'avoir sauvé la vie.

Il déposa une bise sur sa joue mal rasée. Bernard regarda l'enfant dans les yeux et lui répondit :

— De rien, petit. Allez, va rejoindre tes parents.

Puis, sans un regard pour la foule des villageois, il tourna les talons et s'en fut vers sa colline-refuge. Personne ne vit que, pour la première fois depuis très longtemps, des larmes coulaient des yeux du vieux solitaire.

X

Jeanne commençait doucement à assembler les pièces du puzzle. De fausses pistes en découvertes, de déductions en conjectures, elle était enfin arrivée à son but. Elle connaissait maintenant le passé de Bernard Lourseau. Cela avait été long, parfois décourageant. Pour arriver à ses fins, elle avait dû jouer tous les rôles. Celui de la veuve éplorée qui cherche un mari disparu à la guerre, l'assistante du notaire qui fait des recherches pour régler une succession difficile, la férue de généalogie, la journaliste stagiaire qui a égaré sa carte de presse, tout y était passé. Quand la résistance de ses interlocuteurs s'était faite trop forte, elle n'avait pas même hésité à jouer de ses charmes et à accepter des invitations peu engageantes au restaurant ou au parc Borelli. Elle était prête à tout pour percer le mystère et au fur et à mesure qu'elle avançait à tâtons dans son élucidation, elle prenait conscience que ses actes étaient mus par un sentiment de plus en plus clair, de plus en plus évident : l'amour. Elle aimait cet homme dont elle découvrait peu à peu la vie passée. D'abord, parce qu'elle le comprenait. Elle savait ce qu'était la douleur d'un deuil, le mal que pouvait faire à l'âme l'absence définitive, absolue d'un être cher. Et puis, et puis… cette force de caractère, cette capacité de résistance à la douleur, ce choix radical de se soustraire au monde des hommes à cause du mal d'amour lui plaisaient. Elle était sensible à ce romantisme. Pas le romantisme à l'eau de rose de l'époque en cours, non, le vrai, celui des poètes maudits.

Épuisée de tant de jours de recherches, satisfaite de ses résultats, Jeanne tomba vite pourtant dans la perplexité. Dans sa petite chambre d'hôtel, elle se demanda soudain :

tout ça pourquoi ? Maintenant que tu connais son secret, que vas-tu en faire ? À quoi cela va-t-il te servir ? Que veux-tu au juste ?

Au fond d'elle, elle savait. Mais, cela lui semblait plus de l'ordre du rêve, du fantasme que de celui du possible. Le voir, lui parler, l'aimer et le ramener avec elle à la vie. Jeanne se disait que pour le coup, le scénario était bien faible, même pour un roman à l'eau de rose. Et c'est un peu découragée qu'elle quitta Marseille pour revenir à Saint-Martial les vacances terminées.

Arrivée au village, elle trouva tout de suite que l'ambiance était électrique. Elle comprit immédiatement que quelque chose de terrible venait d'arriver. Elle n'eut pas beaucoup à attendre pour apprendre l'essentiel des événements. Un tour à la boulangerie, véritable bureau des renseignements en tout genre de Saint-Martial suffit pour éclairer sa lanterne. Connaissant mieux l'homme, elle comprit dans quel état d'esprit devait se trouvait Lourseau en ce moment. Depuis ses recherches, elle avait parfois l'impression d'être en lien télépathique avec lui, comme s'il était présent à elle à chaque instant, à chaque pensée, à chacune de ses respirations. Cela devait être cela, l'amour. Elle éprouvait aussi un profond mépris pour Giraud. Comment la haine gratuite, sans motif, pouvait à ce point changer un homme ? Comment pouvait-il, en agneau emprunté qu'il avait été avec elle au bord de cette mare, se transformer en loup brutal et sanguinaire ? La peur de l'autre, de l'inconnu, de l'étranger, bien sûr. Elle savait ce que c'était. L'Europe entière était en train de se donner peu à peu à cette pulsion délétère savamment entretenue par ceux qui étaient prêts à tout pour conquérir le pouvoir. Le pouvoir. Elle détestait ce mot. Elle savait que pour connaître son ivresse, les hommes osaient toutes les compromissions et toutes les combinaisons et elle n'ignorait pas que même dans le cadre très restreint de ce village, c'était cette lutte pour le pouvoir qui était en train de se jouer. Mais, s'il pouvait rendre certains hommes vertueux, comme Marcel Chasse, il pouvait en rendre d'autres fous, comme Giraud. Au fond, le fou dangereux qu'il craignait tant, c'était lui-même, pas Lourseau. Lui était hors jeu et, comme toujours, les parfaits bouc émissaires étaient de ceux-là. Ceux qui vivaient en marge, ceux qui étaient différents et ne s'en excusaient pas. Et c'était encore pire s'ils la revendiquaient, leur différence. Ils devenaient alors la cible parfaite des hordes de l'intolérance qui chassent toujours en meutes et ont besoin pour pouvoir se déchaîner d'un chef de file, capable de tirer d'elles le pire. Ce qui dégoûtait le plus Jeanne, c'est que parmi les habitants de Saint-Martial, de braves gens pour la plupart, il y en avait encore qui, malgré le tragique et le grotesque des derniers événements, continuaient à soutenir le bourreau comme s'il était la victime et à voir en Lourseau le monstre, alors que la monstruosité mâtinée d'imbécillité était de l'autre côté, alors que même un enfant de onze ans, le propre fils du chef de la meute des enragés l'avait compris. Et puis, il y avait la foule nombreuse, la plus nombreuse, des faussement indifférents, des soi-disant neutres, des a priori sans-avis. Tous ceux qui ne voulaient pas entrer dans ces histoires et qui cultivaient l'hypocrite adage : « on ne s'occupe pas des affaires des autres ». Derrière tous ces beaux discours, Jeanne savait qu'il y avait l'une des faiblesses humaines qu'elle détestait le plus : la lâcheté.

Au final, les partisans du maire sur la question du « fada » restaient bien peu nombreux, même après les récents événements. Et à peine arrivée, Jeanne étouffait déjà à Saint-Martial. Elle aurait eu envie de poser là ses valises, de laisser tomber ses cahiers, ses livres, sa classe et de partir le retrouver, de le regarder enfin dans les yeux, de lui parler et de le faire parler. Elle aurait voulu que leurs deux solitudes se mêlent pour se dissoudre et que pour eux deux commence une autre histoire, une autre vie. Mais, elle savait que ce n'était qu'un rêve, présent là, dans sa tête, seulement dans sa tête. Elle sentait que c'était impossible. Parfois, le soir, très tard, elle finissait par s'endormir, découragée.

Et au matin, il fallait bien que la vie normale, la vie réelle, reprenne. Se lever et ensuite faire tous les gestes du quotidien, ces gestes habituels, routiniers et machinaux. Elle avait parfois l'impression de n'être qu'une de ces machines qu'inventait l'imagination fertile de ces auteurs visionnaires, futuristes qu'elle aimait tant. Un robot disaient-ils. Ailleurs, toujours avec lui par l'esprit, elle s'acquittait consciencieusement de sa mission d'institutrice en attendant chaque jour le dimanche et sa venue au village, juste pour pouvoir un peu l'apercevoir et continuer à rêver.

Un matin pourtant, elle dut revenir totalement à la réalité de sa classe. Un événement la fit abandonner ses pensées. Le petit Nicolas arriva ce jour-là très en retard. Les yeux encore rouges de larmes, il s'excusa auprès d'elle et alla s'installer à son pupitre. Jeanne vit les marques sur son cou et l'enfant s'en rendit compte. Il essaya maladroitement de les dissimuler en rectifiant son col. Alors, leurs regards se croisèrent. Jeanne comprit tout de suite ce qui s'était passé et Nicolas sut immédiatement qu'elle avait compris. À la récréation, avec douceur, l'institutrice s'approcha du bureau de son élève. Elle attendit que les autres gamins soient sortis et elle lui demanda :

— Tu veux qu'on en parle ?

— Non, maîtresse, je n'ai pas envie d'en parler. Je ne veux pas que papa ait des ennuis à cause de ça. C'est pas grave.

— Mais si, c'est grave, Nicolas et cela ne doit pas recommencer. Tu veux me raconter ce qui s'est passé ?

— Non, je vous dis, laissez-moi tranquille, s'il vous plaît !

Et Nicolas sortit de la salle de classe en courant, étouffant un sanglot. Jeanne restait seule, décontenancée. Elle eut bien du mal ensuite à finir la journée en maintenant l'apparence que rien ne s'était passé. Les élèves partis, la classe rangée et prête pour le lendemain, Jeanne ne savait que faire. Elle n'ignorait pas que de telles choses étaient malheureusement courantes dans les villages. Pour corriger leurs fils, les pères n'y allaient pas de main morte. Mais là, la détresse de l'enfant lui indiquait qu'il ne s'agissait pas d'une simple correction. Et puis, la personnalité de Giraud lui faisait craindre le pire. Depuis le dernier incident avec Lourseau, il semblait encore plus s'être enfoncé dans la violence et la folie. Il se disait qu'il buvait de plus en plus et dans son arrière-boutique, il fracassait avec une hargne sauvage les carcasses de bœufs, de moutons et de cochons bien plus qu'il ne les découpait. Pour toutes ces raisons, Jeanne prit la décision de ne pas garder pour elle l'incident. Elle franchit le couloir qui la séparait du bureau de Marcel Chasse, frappa à la porte et comme lors de sa première visite, n'attendit pas qu'il l'y invite pour entrer.

Le maire de Saint-Martial était tout à fait étonné et très heureux de la visite de la jeune institutrice. Il se leva de derrière son bureau, où, cette fois-ci, il était soulagé d'avoir été dérangé en train de travailler et s'avança vers Jeanne la main tendue.

— Bonjour, Mademoiselle Beauvais, que me vaut l'honneur de votre visite ?

— Pas de « mademoiselle », Monsieur le maire, corrigea l'institutrice, appelez-moi Jeanne, tout simplement.

Après quelques secondes de stupeur, le Grand Marcel ne sut que bafouiller :

— Très bien, heu… Jeanne, dans ces conditions, pas de « monsieur le maire » non plus, dites plutôt Marcel.

Après cette entrée en matière et toujours sans attendre d'y être autorisée, Jeanne s'assit dans un des deux fauteuils défraîchis qui faisaient face au bureau du Premier magistrat du village.

— Je viens vous entretenir d'une affaire délicate qui est survenue en classe aujourd'hui. Cela concerne le petit Nicolas Giraud. Ne sachant pas encore très bien quelle décision prendre, j'ai préféré vous voir avant.

Marcel s'assit à son tour à côté de l'institutrice dans le second fauteuil, laissant vacante la place de maire.

— Je vous écoute. Qu'est-il arrivé ?

Et Jeanne raconta l'incident du matin.

— J'ai tout lieu de penser que le père de l'enfant n'est pas étranger aux marques que j'ai aperçues sur son cou. Bien sûr, l'enfant ne veut rien dire. Il protège son père. Tout de même, vu les récents événements, je suis très inquiète.

Marcel la fixa d'un regard grave, puis poussa un long soupir. Il murmura entre ses dents :

— Décidément, il les accumule en ce moment !

Puis, semblant avoir pris sa résolution, il ajouta :

— Vous avez eu raison de venir m'en parler et je suis d'accord, c'est inquiétant. Je crois qu'il va falloir que j'aie une petite conversation avec Édouard. Son comportement, de plus en plus violent a assez duré. Il est totalement obsédé par sa haine contre Lourseau et je suis à peu près sûr que c'est pour cette raison qu'il a passé ses nerfs sur Nicolas. Il ne doit pas supporter qu'il ait pris ses parts contre lui. En même temps, je ne suis pas certain d'être la meilleure personne pour lui faire entendre raison. Mais peut-être que par la menace… Les individus dans son genre sont toujours assez peureux au bout du compte.

Jeanne eut alors une idée. Elle s'en ouvrit à Marcel :

— Et si c'était moi qui lui parlais. Je crois avoir un certain ascendant sur lui. Je pourrais peut-être mieux que vous arranger les choses.

Le maire ne trouvait pas l'idée mauvaise, mais il craignait les réactions de son ancien premier adjoint. Après quelques instants de réflexion, il finit par approuver.

— Vous avez raison, Jeanne, vous êtes sans doute mieux placée que moi pour obtenir quelque chose de positif de Giraud. Allez lui parler, mais faites attention à vous. Il ne tourne pas rond en ce moment, pas rond du tout. Si vous sentez qu'il dérape, coupez vite court à la discussion et revenez me voir.

Après encore quelques minutes d'entretien courtois, Jeanne prit congé et regagna ses appartements. Elle se disait que décidément la vie d'institutrice de village était loin d'être de tout repos et nécessitait de devoir prendre des responsabilités qu'elle était loin d'imaginer avant son entrée en fonction. Mais, elle se sentait de taille. Cela ne lui faisait pas peur. Au contraire, elle ressentait même cela comme un défi à relever et aussi comme un dérivatif à la rêverie qui était la sienne depuis son retour de Marseille. Jusqu'à ce que Chasse prononce son nom, elle n'avait pas pensé de la journée au solitaire des collines. Elle s'en sentait un peu coupable, mais était aussi soulagée d'avoir l'esprit occupé ailleurs et d'être à nouveau toute à une action à entreprendre. Elle savait aussi qu'au final, cette action la ramenait encore et toujours à Lourseau. En allant affronter Giraud, c'était d'une certaine manière ses intérêts à lui qu'elle allait défendre.

Le samedi après-midi, Jeanne se prépara pour sa rencontre avec le boucher. Elle savait où le trouver. Elle prit le chemin de la mare où il lui avait parlé la première fois. Il était là, en train de pêcher. C'était la seule activité qui arrivait encore à le calmer ces derniers temps. Elle s'approcha et d'une voix douce, presque un murmure, elle l'interpella :

— Monsieur Giraud ?

Édouard se retourna. Dans sa confusion, il laissa choir sa canne à pêche dans l'eau.

— Ma… Mademoiselle Jeanne ? Mais, que faites-vous ici ?

Jeanne ne le reprit pas sur le « Mademoiselle ». Elle le regarda intensément dans les yeux et lui dit simplement :

— Je vous cherchais. J'ai à vous parler.

— Ah bon ! Mais… de quoi ?

— De Nicolas…

Un voile passa dans le regard de Giraud. Jeanne y perçut une profonde tristesse, du désespoir même. Toute humanité n'avait donc pas disparu de l'âme du boucher se dit-elle. Elle reprit :

— Avant-hier, Nicolas est arrivé en retard en classe et il n'était pas dans son état normal. Mais, je crois que je ne vous l'apprends pas. Vous voulez bien me dire ce qui s'est passé. Nicolas n'a rien voulu me raconter. Il ne voulait pas vous causer de tort.

À ces mots, Giraud, comme brûlé au fer rouge tressaillit, défaillit. Alors qu'il s'était levé pour accueillir sa visiteuse inattendue, il s'écroula plus qu'il ne s'assit sur son tabouret et prit sa tête entre ses mains. Après un long silence, il répondit :

— Je… je ne sais pas ce qui m'a pris. Je m'en veux. Je n'avais jamais levé la main sur lui jusque-là. Mais, qu'il puisse prendre la défense de ce sauvage qui a essayé de lui faire du mal. Je n'ai pas pu le supporter.

— Peut-être que c'est la vérité que vous ne pouvez pas supporter, Monsieur Giraud. Pourquoi avez-vous tant de haine pour cet homme ? Au point de ne pas accepter qu'il ait sauvé la vie de votre fils ? Au point de faire du mal à cet enfant que vous aimez tant quand il vous l'a dite, cette vérité ? Lourseau n'est pas un monstre, Monsieur Giraud. C'est un homme, comme vous et il a sauvé votre enfant.

Jeanne était inquiète des effets de sa tirade sur Édouard. Elle qui avait prévu de l'aborder sans brusquerie, elle s'était laissée emporter par ses sentiments pour le solitaire des collines. Giraud la regardait hagard, comme sonné par ce qu'il venait d'entendre. La colère montait en lui, mais face à la détermination de Jeanne, il finit par concéder, vaincu :

— Vous avez raison. Cet homme a sauvé mon fils. Même si je n'arrive pas à y croire, c'est bien la vérité…

Alors que Jeanne pensait avoir gagné la partie, dans un violent sursaut, Giraud explosa :

— Mais, ça ne change rien à ce que je pense de ce salopard ! Il a sauvé Nicolas. Très bien. Mais il reste une menace pour tout le village, un malade mental en liberté ! Une bête sauvage. Vous m'avez dit que c'était un homme. Autrefois, peut-être, mais depuis qu'il est là-haut, c'est devenu un animal. Et ce n'est pas parce qu'il s'est souvenu un instant qu'il avait été un homme et qu'il a sauvé mon fils que je vais cesser de le considérer comme un danger. Un danger dont on doit se débarrasser.

Jeanne en avait le souffle coupé. Quel déferlement de violence ! Elle comprit que ni elle, ni personne ne pourrait sortir ces idées de haine de la tête de Giraud. Elle laissa tomber avec froideur :

— Au moins, ne faites plus de mal à Nicolas. Sinon, je serai obligée d'en avertir les autorités compétentes. Au revoir, Monsieur Giraud.

Elle tourna les talons et s'en fut bien vite. Elle savait qu'elle venait de parler au pire ennemi de l'homme qu'elle aimait. Un ennemi mortel.

XI

Depuis un long moment déjà, Lourseau se sentait observé par quelqu'un. Il avait beau se dire que ce n'était que le fruit de son imagination, son instinct lui indiquait qu'il n'était plus seul dans son errance matinale entre vallons et collines, falaises et ravines. Une présence pour l'heure insaisissable le suivait, l'épiait. À chaque pas, il la percevait. Mais ce n'était pas une menace, un ennemi. Ce n'était pas un animal non plus. C'était un être humain, il en était certain. Sans vraiment arriver à dire pourquoi, cela ne le gênait pas. Il vivait cette étrange situation avec fatalisme, mais n'était pas pour autant indifférent. Il ne cherchait pas vraiment à identifier ce voyeur inconnu. Il pensait que le moment viendrait bien assez tôt où il se découvrirait de lui-même. Il faisait particulièrement doux ce matin et la journée promettait d'être splendide pour ceux qui accordaient de l'importance à ce genre de choses. Pour Bernard, c'était un matin comme un autre, comme les dizaines qu'il avait vu passer depuis qu'il était ici, depuis qu'il tentait d'oublier le temps qui s'écoule toujours trop lentement. Inlassablement, il faisait la tournée de ses pièges. Il reconnaissait sur le chemin que lui seul avait tracé chaque pierre, chaque bouquet de chênes verts. Il savait ces lieux. Il ne faisait qu'un avec eux. La solitude, le silence de ces premiers moments du jour, perdu là entre les genévriers et les arbousiers lui étaient devenus si familiers qu'il croyait parfois n'avoir jamais connu rien d'autre. Et pourtant… si. Tels des flashs fugaces des images, des souvenirs, toujours les mêmes, lui revenaient. Il avait beau les rejeter, ils étaient là, présents à lui. On ne peut pas effacer sa mémoire.

Très lentement, ses pas le ramenaient vers son antre. Cette cabane perdue dont lui seul sans doute connaissait le chemin. Du moins le croyait-il jusqu'à ce matin. La présence avait disparu. Il ne la sentait plus derrière lui. Peut-être avait-il rêvé éveillé. Cela lui arrivait parfois. Il comparait cela à des mirages dans le désert. Effets secondaires de cette solitude volontaire et obstinée qu'il s'imposait. Mais ses rêves étaient toujours tournés vers le passé et la présence était bien de maintenant. Les pièges avaient peu donné aujourd'hui. Seulement une grive. Il faudrait s'en contenter. Arrivé à la porte de sa tanière, Lourseau sentit à nouveau que les choses ne tournaient pas rond, qu'elles n'étaient pas à leurs places habituelles. Il entra et, dans la pénombre du jour naissant, dans un mince rayon de soleil qui passait par le carreau sale de la petite lucarne de la chaumine, il le devina plus qu'il ne le vit. Il était là, assis sur la chaise branlante. Il l'attendait. Il ne lui posa pas de question, feignit même de faire comme s'il ne l'avait pas remarqué. Il rangea soigneusement ses affaires, posa la grive sur la table et alla s'asseoir sur la paillasse. Alors seulement, leurs regards se croisèrent. Un sourire de part et d'autre et toujours pas un mot. Au fond, Lourseau savait qu'il reviendrait. Il n'en était pas étonné. La présence tout à l'heure, c'était lui. C'était l'enfant. Il n'avait pas besoin de le questionner. Il se doutait de la raison pour laquelle il était là. Bizarrement, il n'arrivait pas à le considérer comme un intrus. Sans être pourtant content qu'il soit là, il le tolérait ; l'enfant était comme compatible avec sa solitude. Il ne la brisait pas vraiment. Les minutes s'écoulaient. Ni lui, ni Nicolas ne bougeaient. Le petit avait dû marcher des heures pour le retrouver. Bernard faisait mentalement le calcul du moment où il avait dû partir du bourg pour arriver jusqu'ici. Cela ne pouvait être que la veille au soir. Il imaginait l'état de détresse dans lequel il devait être pour marcher autant, pour braver ses peurs de la colline la nuit. Après un très long moment, ce fut Nicolas qui brisa le premier le silence pour répondre à la question que le solitaire des collines ne lui avait pas posée.

— Je suis venu ici parce que je ne savais pas où aller. Je n'ai pas trouvé d'autre endroit. Je suis désolé de vous déranger, Monsieur Lourseau.

— Bernard, petit, tu peux bien m'appeler Bernard.

— Bernard... Est-ce que je peux rester un peu avec vous ? En bas, ce n'est plus possible pour moi.

Lourseau s'attendait à cette demande. C'était pour l'éviter qu'il n'avait pas posé de questions. Il n'avait ni l'envie, ni vraiment le courage de rejeter l'enfant. Mais, il savait qu'il ne pouvait pas rester.

— Tu sais, ce n'est pas un endroit pour toi, ici. Tu n'y as pas ta place. C'est bon que pour un vieux fou comme moi.

— Peut-être, mais je ne sais plus où est ma place.

— Chez toi, avec les tiens.

— Mon père ne m'aime plus. Je lui ai fait trop de peine. Il m'en veut tellement.

— Parce que tu as pris ma défense.

— Parce que j'ai osé dire la vérité et qu'il ne veut pas l'accepter. Elle le gêne trop.

— Ton père t'aime, Nicolas, sois-en sûr.

Un éclair de colère, de révolte passa dans les yeux de l'enfant. Il se leva, se planta devant Lourseau, enleva sa veste et sa chemise et lui présenta son dos nu. Puis, il lâcha d'une voix sourde :

— Voilà tout l'amour de mon père pour moi !

Le dos de Nicolas était parsemé d'un réseau enchevêtré de traînées bleuâtres et de croûtes de sang caillé. En voyant ce triste spectacle, plus éloquent que n'importe quel discours, Bernard eut un haut-le-cœur. Il fut saisi d'un profond dégoût, ferma les yeux quelques secondes. Quand il les ouvrit, Nicolas lui faisait face et le regardait fixement. Il s'était rhabillé et lui demanda à nouveau d'une voix ferme, déjà celle d'un homme, ou plutôt d'un enfant qui aurait grandi trop vite :

— Alors, je peux rester ? S'il vous plaît.

Lourseau pressentait l'ampleur des problèmes qui ne tarderaient pas à lui tomber dessus. Mais, en quelques secondes il fit le deuil de sa vie de solitaire. Sans vraiment le savoir encore, il faisait aussi un autre deuil. Il était en train de guérir en se décentrant de lui-même, en étant sur le point de ré-accepter l'autre.

Sans dire un mot, gêné, d'un coup timide, il hocha la tête lentement en signe d'assentiment. Il avait été vaincu par la détresse de Nicolas et c'est la sienne propre qui commençait à l'être aussi. Nicolas se jeta à son cou. Il retrouva en un clin d'œil toute l'innocence de l'enfance, celle qu'il avait perdue la veille sous les coups du ceinturon de son père.

— Oh ! Merci, Bernard, merci.

Lourseau le repoussa doucement, presque en s'excusant. C'était encore trop tôt pour lui. Il n'était pas prêt pour de telles effusions de sentiments. Il se rencogna dans le fond de sa paillasse afin que son visage soit caché dans la pénombre et que l'enfant ne vit pas la lourde larme qui coulait sur sa joue, la deuxième en deux mois. À cet instant, Lourseau revint vraiment à la vie, comme après un long voyage. Il était redevenu lui-même après dix ans d'absence.

XII

Ce matin-là, en voyant une nouvelle fois la place vide de Nicolas, Jeanne sut que cela avait recommencé. Quand à la récréation de dix heures, elle comprit qu'il ne viendrait pas, que ce n'était pas un retard comme l'autre fois, elle pressentit le drame. Le soir, les choses étaient claires et tout le village était à nouveau en ébullition. Nicolas avait encore disparu. Afin qu'une énième cabale ne soit lancée par son père contre Lourseau, il avait pris le soin de laisser une lettre dans laquelle il expliquait les raisons de son geste. C'est au Grand Marcel qu'il l'avait écrite et c'est avec cette missive en main qu'il déboula au bistrot de Papin où Giraud venait de rassembler sa bande et était en train de les chauffer à blanc pour qu'une fois de plus ses troupes soient prêtes à régler définitivement le sort du « fada ». Les mots de Nicolas, lus à haute voix par le maire qui ne dissimulait pas son émotion douchèrent quelque peu l'enthousiasme assassin de l'équipée des braillards de Saint-Martial. Chacun regarda Édouard avant de sortir et de rentrer chez soi. Certains le fixèrent avec pitié, d'autres avec mépris ou colère. Ses plus proches le quittèrent en lui montrant bien qu'ils ne lui pardonneraient pas de sitôt de les avoir trahis, d'avoir voulu les manipuler dans sa croisade contre Lourseau alors qu'ils savaient très bien pourquoi son fils avait disparu : pour le fuir, pour échapper au monstre qu'il était devenu. Ce soir-là, Giraud se retrouva seul ; bien plus seul peut-être que ce que son pire ennemi ne l'avait jamais été. En face de lui se tenait Marcel Chasse. Il le regardait alors que lui gardait les yeux baissés. La victoire du maire sur son pire adversaire depuis de nombreuses années était totale et c'étaient les mots du propre fils de Giraud qui lui avaient permis de la remporter. Pourtant, le Grand Marcel n'en tirait aucune satisfaction. Il était mû par des sentiments contradictoires vis-à-vis de l'homme défait qui lui faisait face. Au fond, à l'exception de la trahison, il éprouvait tous les sentiments des gars qui venaient de l'abandonner à son sort en quittant le bistrot. Mais, à leur différence, il ne pouvait pas simplement tourner les talons et laisser Giraud face à lui-même. Il était le maire et avait une responsabilité. Il savait qu'il devait faire son devoir, même si, au fond, cela lui répugnait d'enfoncer encore un peu plus un homme déjà à terre. Seulement, là, Giraud était allé trop loin dans l'abject. Il fallait le stopper car la prochaine fois, Chasse en était convaincu, ce serait un crime que commettrait le boucher. La justice devait passer. Marcel était contraint d'asséner à Édouard le coup de grâce. Il le fit avec froideur.

— Édouard, tu es allé trop loin. Tu t'en rends compte, j'espère. Et Mademoiselle Jeanne t'avait prévenu pourtant. Je n'ai plus le choix. Je vais prévenir les gendarmes pour la disparition de ton fils et je vais leur confier cette lettre. Il va y avoir une enquête. Prépare-toi à avoir des comptes à rendre.

Édouard s'effondra comme un colosse au pied d'argile qui d'un coup tombe en poussière. Il fut secoué de longs sanglots. Il était totalement brisé, vaincu. Son univers, ses rêves de pouvoir, son influence, l'amour des siens et l'estime de lui-même, il avait tout perdu. Qu'était-ce alors de risquer de perdre la liberté ? Au fond, cela ne comptait pas vraiment. Après un long moment de silence entrecoupé de pleurs, Giraud eut la force de relever la tête et de répondre :

— Tu as gagné, Marcel. Tu feras bien ce que tu voudras. Maintenant, je m'en fous. Mais, Nicolas ? Où est-il ? Il faut le retrouver.

— Ah ! Ça y est. Tu y penses un peu à ton fils ? Il était temps. Écoute, les gendarmes commenceront les recherches dès que je les aurais prévenus. Dans sa lettre, ton fils indique qu'il est parti pour Marseille. C'est déjà une piste. Allez, pour l'heure, rentre chez toi et ne va plus faire de couillonnades. Je crois que tu en as assez fait comme ça.

Giraud secoua lentement la tête, se leva, soupira et sortit. Sur ses épaules voûtées semblait peser toute la misère du monde. Marcel regagna son bureau, prit le téléphone et prévint la brigade des Merlusses. La machinerie était enclenchée. Il savait que plus rien ne serait comme avant à Saint-Martial. Pour l'heure, le plus important était de retrouver le petit. Seul, sur la route entre le village et Marseille, tout pouvait lui arriver. Il y avait urgence. Marcel était à mille lieues de penser que le petit, l'innocent Nicolas avait prévu avec sa lettre de brouiller sa piste et d'éloigner les futures recherches loin du refuge de Lourseau. Il ne voulait pas être rendu à ce père tortionnaire et à sa mère, cette faible femme, complice par omission de son mari.

Le lendemain, Édouard Giraud fut emmené à la maison d'arrêt d'Aubagne. On ne le verrait plus de longtemps à Saint-Martial et ceux qui le regrettaient se faisaient très discrets. Y'en avait-il vraiment ? Même sa femme ne joua que pour le qu'en dira-t-on l'épouse éplorée en courant après le fourgon cellulaire qui conduisait sa brute de mari vers son triste destin. Il fut aussi vite oublié. Tout Saint-Martial était bien plus inquiet du sort de Nicolas. Les recherches, très actives tout le long de l'itinéraire probable de sa fuite, ne donnaient rien et l'angoisse montait au village, surtout quand les jours succédèrent aux heures. Il fallait se rendre à l'évidence, Nicolas était introuvable, comme s'il s'était volatilisé.

Jeanne n'était plus vraiment à son travail. Tous les jours, elle avait les yeux rivés sur la chaise vide de l'enfant. Elle aussi était très inquiète. Elle se demandait où il pouvait bien être. Toute cette affaire était déjà un beau gâchis. Il ne fallait pas qu'elle tournât maintenant à la tragédie. Pourtant, quelque chose lui disait au fond d'elle que Nicolas n'était pas vraiment en danger, que quelqu'un le protégeait. Elle n'arrivait pas à se détacher de cette étrange sensation. Rationnelle par nature, elle avait conscience que rien n'allait dans ce sens, que la situation était au contraire très grave. Mais, elle gardait au fond d'elle ce pressentiment. Et puis d'un coup, au beau milieu d'une leçon de grammaire qu'elle dispensait presque machinalement, entre le complément d'objet direct et la subordonnée relative, elle sut. Elle eut la certitude de savoir où était l'enfant. Pour elle, c'était l'évidence même et elle s'étonna que personne avant elle n'y ait pensé. Nicolas n'était pas allé à Marseille. Qu'aurait-il bien pu y faire, tout seul, à onze ans, lui, un enfant de la campagne, un gamin des collines… Les collines. Voilà pourquoi elle le sentait en sécurité. Il était avec lui. Il l'avait rejoint. Nicolas était avec Lourseau. Elle sut cela, comme une illumination soudaine. Elle comprit aussi qu'elle ne devait rien dire, qu'elle devait garder ce secret pour elle. Elle eut aussi l'irrésistible envie de les rejoindre. Elle-aussi, elle voulait prendre le chemin des collines et le voir, lui, enfin.

XIII

Peu à peu, Lourseau ré-apprenait à ne plus vivre seul. Un peu comme une longue et difficile rééducation après un grave accident, il retrouvait l'usage du rapport quotidien et constant à l'autre. Partager son espace, ses occupations, bousculer sa routine, penser à et s'occuper de quelqu'un, il devait refaire ce chemin vers la vie. C'était difficile. Il avait parfois envie de renoncer, de rejeter l'enfant, de l'envoyer au diable. Il n'osait pas. Il n'y arrivait pas. À chaque fois, au dernier moment, il renonçait à le faire. Nicolas faisait aussi des efforts pour se rendre tolérable au sauvage des collines. Il se faisait le plus discret possible, parlait peu, ne demandait presque rien. Il était loin le temps des caprices, le temps de l'enfance gâtée. L'enfance, ce n'était pas Lourseau qui lui avait prise. Au contraire, Nicolas se sentait bien avec lui, en paix, en sécurité. Il apprenait peu à peu à le comprendre à demi-mot, en l'observant. Lui, plus si frêle mais encore fragile, l'autre, si dur mais déjà plus tendre, s'apprivoisaient doucement. Des habitudes s'établissaient. Bernard lui avait fait une paillasse du même genre que la sienne. Il dormait près de lui, le faible espace de la cabane l'exigeait. Mais pour préserver l'intimité de chacun, il avait dressé entre eux deux un rideau fait avec de la vieille toile rapiécée. Le soir, la masure prenait des allures d'entrepont de navire, de poste d'équipage. Il avait fallu aussi faire une chaise en plus, aussi branlante que la première pour que le petit puisse manger assis à la table commune. Le repas frugal se passait en silence. Lourseau partageait son pain, le fruit de son braconnage et de son potager. Tout de suite, il prit l'habitude de plus donner à l'enfant qu'à lui-même. Nicolas le voyait. Il ne protestait pas de peur d'offenser le vieux solitaire. Peu de mots donc, pas vraiment de conversations, mais pour Bernard, habitué à un complet silence, ils étaient déjà un vrai vacarme. Sa voix et celle de l'enfant raisonnaient dans sa tête. Combien de temps durerait cette étrange cohabitation ? Quand est-ce que Nicolas se déciderait à partir ? Il se le demandait souvent. Au début, il espérait que ce serait le plus tôt possible. Au fil du temps, subrepticement, il se mit à ne plus tant désirer ce moment. Au bout de quelques semaines, il se surprit même à redouter ce départ, synonyme pour lui de retour à la solitude. Cette solitude à laquelle il avait tant aspiré, pour laquelle il était prêt à se battre il y avait de cela à peine quelques semaines, il se rendait compte qu'au fond, il ne la voulait plus, pis, qu'elle lui deviendrait vite insupportable. Lourseau en était pantois. Comment cet enfant avait-il réussi à si vite et à tant le faire changer de cap ? C'était une énigme. C'était ahurissant. Mais, c'était ainsi et les jours s'écoulaient. L'homme et l'enfant vivaient ensemble.

Un jour, Nicolas tomba sur le livre à la couverture jaune que Bernard avait remisé dans un des recoins poussiéreux de la cabane. Il le feuilleta et reconnut tout de suite l'écriture que la main de Jeanne avait apposée dans la marge de certaines pages. Avec la spontanéité propre à son âge, il ne put s'empêcher de s'écrier :

— Mais ! Ce livre est à la maîtresse ! Que fait-il ici ?

Lourseau qui était en train de préparer le repas de midi sursauta. Ce n'était pas la voix de Nicolas, plus forte qu'à l'habitude, qui le surprit, mais le fait que l'enfant connaisse bien la propriétaire du bouquin. Depuis qu'il était avec lui, il n'y avait jamais pensé. D'un coup, il réalisa que Nicolas était un des élèves de celle vers qui ses pensées étaient allées bien des fois ces derniers temps. En tâchant de conserver un air détaché, il répondit à l'enfant :

— J'ai trouvé ce livre au fond d'un vallon alors que j'étais en train de relever mes pièges, il y a de cela plusieurs mois… Comme ça, tu sais à qui il appartient ?

— Mais bien sûr ! Il est à Mademoiselle Jeanne… enfin, à la maîtresse, je veux dire.

Jeanne, elle s'appelait donc Jeanne. Bernard eut du mal à dissimuler un sourire en apprenant son prénom. Il se surprit soudain à vouloir en savoir plus sur elle. L'air de rien, il commença à interroger l'enfant sur cette femme qu'il connaissait si peu. Nicolas fut tout d'abord étonné de voir son vieil ours de compagnon soudain si loquace, puis il se prit au jeu et ne se fit pas prier pour donner à Lourseau tous les renseignements qu'il désirait. Insatiable, le vieux solitaire voulait tout savoir, ne cessait de poser des questions, de faire répéter les histoires d'élève de Nicolas. Lui, était heureux de parler de sa maîtresse d'école car il l'aimait beaucoup et l'école lui manquait. Bernard redécouvrait tout un univers qu'il avait peu à peu oublié. Ils parlaient encore et encore de cette jeune institutrice qui peu à peu peuplait l'imaginaire de Lourseau et occupait une place de plus en plus grande dans son esprit. Et ce n'est qu'au petit matin que, saoulés de paroles, les deux compères s'endormirent sans avoir tiré entre eux le rideau de vieille toile rapiécée.

Jeanne n'en pouvait plus de ce village où il était impossible de faire un pas sans être vue, où chacun connaissait chacune, où tout se savait en quelques minutes. Elle avait l'impression d'être dans une prison. À cinq reprises déjà, en fin de semaine, elle avait essayé de s'évader. Sans succès. À chaque fois, il avait fallu rebrousser chemin. Pas moyen de faire son baluchon et de partir vers les hauts de Saint-Martial sans que cela n'éveille l'attention de quelqu'un. Il y avait toujours un villageois présent pour la croiser sur le chemin des collines et, soucieux de la protéger, pour l'apostropher, voire pour la raccompagner sur le chemin du retour. La première fois ce fut Clovis qui s'en retournait des asperges. Elle n'avait pas de chance, la plupart du temps, c'était sa femme, Henriette qui ramassait les plantes sauvages indispensables à l'omelette dominicale des débuts de printemps et elle y allait plus tard dans la matinée. Mais, ce jour-là, elle était clouée au lit avec une fièvre de cheval, alors le maréchal-ferrant avait délaissé le café noir du petit matin pour partir très tôt à la cueillette des asperges. Il comptait bien ainsi être de retour pour la partie de belote et l'apéro au bar de Papin. Il pensait aussi qu'il aidait ainsi un peu sa pauvre femme. Il comptait bien que même malade, elle trouverait la force de se lever pour la préparer, cette fameuse omelette. Il adorait les omelettes aux asperges.

— Bonjour, Mademoiselle Jeanne. Eh bien ! Vous êtes bien matinale pour un dimanche matin. Et où allez-vous d'un si bon pas ?

Jeanne, qui n'avait pas vu Clovis sortir de derrière un fourré, sursauta. Elle pensait avoir réussi à passer inaperçue et voilà qu'elle était prise à quelques mètres du premier chemin sinueux qui s'élevait vers les collines. Elle dissimula du mieux qu'elle put son désappointement et débita le mensonge qu'elle avait répété la veille au soir dans le cas où, malheureusement et fort probablement, elle rencontrerait une personne indiscrète et bienveillante.

— Bonjour, Monsieur le maréchal-ferrant. Je vais un peu herboriser pour décorer la salle de classe. Avec le soleil des derniers jours, la colline est pleine de plantes très intéressantes pour la leçon de choses que j'ai prévue pour demain.

— Ah non ! Non, non, non, Mademoiselle Jeanne, il ne faut pas monter là-haut maintenant, voyons. Regardez ce qui monte de derrière la barre rocheuse. C'est l'orage et un beau. Il ne faut pas être dans les vallons quand il va tomber. C'est très dangereux, vous savez. Des lits de ruisseaux que l'on croit asséchés depuis des lustres se mettent alors à se remplir et l'eau y dévale comme s'ils étaient de vrais torrents furieux et malheur à celui ou à celle qui se fait emporter. Désolé, mais il faudra que vous herborisiez plus tard. Allez, venez avec moi, je vous raccompagne avant qu'on soit trempé jusqu'aux os. Vous sentez, les premières gouttes tombent déjà.

Et ce fut une Jeanne déconfite, escortée par Clovis, son chevalier servant d'un jour qui s'en revint au bourg sous une pluie battante. Il ne la laissa qu'au pied de l'école. Elle se demanda même s'il n'allait pas pousser la sollicitude jusqu'à la raccompagner au seuil de la porte de son appartement de fonction. C'était raté. Il faudrait attendre une autre occasion pour à nouveau tenter une échappée. Depuis, ses quatre autres tentatives s'étaient toutes terminées sur le même échec. Jeanne était frustrée et énervée de ne pas réussir à s'extraire de cette communauté villageoise étouffante à force de bonnes intentions pour elle. À chaque fois, il y avait un de ses membres pour l'en empêcher. Les jours, les semaines passaient et Jeanne ne trouvait toujours pas le moment propice pour tromper la vigilance des habitants et enfin se faire la belle dans les collines. Le soir, au creux de son lit, juste avant de sombrer dans un sommeil agité et entrecoupé de rêves étranges, elle élaborait de nouveaux plans d'évasion. Elle cherchait la meilleure heure pour réussir son coup. À chaque fois, elle arrivait à la conclusion qu'il y aurait quelqu'un pour la surprendre. N'y avait-il que la nuit pour passer inaperçue dans ce maudit village ! La nuit… Elle comprenait maintenant pourquoi Giraud avait choisi ce moment pour tendre son piège à Bernard et pourquoi son fils avait également attendu le coucher du soleil pour faire sa fugue. Alors, les rues du village se vidaient, les volets se fermaient. On avait l'habitude de se coucher tôt à Saint-Martial. Même le bar de Papin tirait le rideau à 19 heures 30. Il fallait donc affronter la colline la nuit pour réussir l'évasion que Jeanne projetait depuis toutes ces semaines ? Elle hésitait. Elle avait trop peur de se perdre, de se retrouver seule dans le noir, au beau milieu d'un univers qu'elle ne maîtrisait pas. Elle gardait cette solution en ultime recours. Avant, elle essayerait encore au petit matin. Ce satané Clovis n'allait tout de même pas cueillir des asperges sauvages tous les dimanches ! Jeanne s'endormit agacée d'avoir à attendre encore toute une semaine pour pouvoir tenter une nouvelle fuite vers les collines de l'homme qu'elle aimait. Elle ne se doutait pas que plusieurs mois passeraient avant qu'elle ne puisse réaliser son projet grâce à des circonstances dramatiques qui allaient monopoliser l'attention des villageois ce jour-là.

XIV

Ce jour-là, c'était la fin de l'été, plus qu'un mois avant la fin des grandes vacances et Jeanne commençait à ne plus y croire. Au fil du temps, elle trouvait son idée de plus en plus insensée. Qu'avait-elle pensé ? Qu'une institutrice d'un village de 900 habitants pouvait tout abandonner, prendre ses petites affaires et partir à l'aventure au nez et à la barbe de tous, de ses élèves, des parents de ses élèves, des commerçants, des paysans, du maire ? Elle prenait douloureusement conscience que c'était impossible, qu'elle devrait toujours se contenter de voir Bernard de loin lorsqu'il venait chercher son pain le dimanche, seul et à nouveau plongé dans un mutisme total. Et puis, ce jour arriva. C'était un samedi, le 2 septembre 1939 et… c'était la guerre.

Les gendarmes des Merlusses étaient venus le matin pour donner à Marcel l'affiche fatale à placarder sur le mur de la mairie. Il avait déjà dû apposer la même vingt-cinq ans plus tôt, au début de son premier mandat. Ordre de Mobilisation Générale. Aussitôt, la nouvelle tant redoutée se répandit comme une traînée de poudre dans tout Saint-Martial. Cette guerre, les mieux informés s'y attendaient depuis déjà plusieurs mois et même plusieurs années. Ceux qui avaient fait la précédente ne pouvaient néanmoins s'empêcher d'espérer qu'on n'en arriverait pas là, que tout serait tenté, même les pires compromis avec l'ogre nazi pour l'éviter, comme l'année précédente, à Munich, lorsque les deux grandes démocraties de l'Europe avaient abandonné aux dents acérées de l'Allemagne de Hitler la frêle Tchécoslovaquie.

Les plus jeunes étaient tout excités. On allait se battre, pour de vrai ! De-ci, de-là, des mères, des sœurs, des fiancées se lamentaient. La foule grossissait devant la mairie et Marcel devait donner de la voix pour se faire entendre et tenter d'organiser cette nouvelle levée en masse qu'il redoutait tant. Les vieux souvenirs de 1914 lui revenaient. La mort de Jaurès, son maître à penser en politique et le départ pour le front. Même lui, à peine élu maire avait dû la faire, cette guerre. Il en était revenu vivant et entier, mais à jamais changé. Il avait vu trop d'horreur, avait perdu trop de copains dans la boue des tranchées. Leurs noms étaient là, ils s'alignaient sur les quatre faces du monument aux Morts qui trônait depuis 1921 au centre de la grande place du village. En placardant l'affiche tout à l'heure, il n'avait pas pu s'empêcher de le regarder. Et dire que comme tous les anciens de 14-18, il avait vraiment cru que sa guerre serait la Der des Der. En voyant tous ces jeunes pleins d'enthousiasme à l'idée de la grande aventure qu'ils allaient bientôt vivre, il avait la nausée. Pacifiste et internationaliste en 1914, l'expérience du feu l'avait rendu anti-militariste. Il haïssait tout ce qui lui rappelait le front, les uniformes, les parades militaires, les armes. Les jours d'ouverture de la chasse, il se mettait des boules Quiès pour ne pas entendre les coups de feu. Il les entendait quand même et sursautait à chacun d'eux. Il aurait voulu dire à tous ces jeunes, des gamins encore, qu'il avait vu naître et grandir toute l'horreur, la boucherie, l'imbécillité qu'était la guerre, mais il ne pouvait pas le faire. Encore et toujours, le devoir primait sur tout le reste et particulièrement sur ses états d'âme. Cette mobilisation générale qu'il trouvait ignominieuse, il se devait de l'organiser au mieux à l'échelle de son village, comme l'ensemble des maires des 36 000 communes de France.

Au moment où commençait ce cauchemar, Jeanne était dans sa chambre. Elle dormait encore. Elle profitait de ses vacances et s'offrait une bonne grasse matinée. À demi-consciente, elle sentait bien que le soleil perçait depuis plusieurs heures à travers les persiennes de ses volets, mais elle voulait un réveil en douceur. Elle comptait bien prendre tout son temps et continuait encore un peu à rêvasser dans son lit. Des fenêtres ouvertes, elle entendit soudain les cris, la foule qui se massait devant le bâtiment. Elle ne comprenait pas ce qui pouvait bien se passer. Un bref instant, elle crut ou plutôt elle craignit que Nicolas ait été retrouvé. Puis, elle distingua clairement ces mots qui la glacèrent. Une villageoise avait vociféré plus fort que les autres :

— C'est la guerre !

La guerre… Son père, le chagrin de sa mère. La douleur de l'absence, des deuils, tout cela lui sauta d'un coup au visage. Presque instantanément, elle se mit à pleurer, toute seule, dans son lit. Cela recommençait. Elle était née avec la guerre, il était dit qu'elle commencerait sa vie d'adulte avec elle. Cela ne s'arrêterait donc jamais. La folie destructrice des hommes était-elle vouée à toujours se perpétuer, génération après génération ?

Elle se reprit, sécha ses larmes. Devant son miroir, elle s'arrangea comme elle put. Elle s'habilla à la hâte, se coiffa et sortit. En bas, cela tournait à la vraie foire. Même le charisme du Grand Marcel ne pouvait pas venir à bout de la cohue.

Chacun disait son mot. On prenait ses dispositions, on préparait quelques affaires pour son homme en pleurant, on se serrait dans les bras, on se criait dessus aussi. Les nerfs lâchaient. Les enfants allaient d'un groupe à l'autre sans vraiment comprendre quelle folie venait de prendre les grandes personnes. Si certains commençaient à partir par leurs propres moyens pour la caserne où ils avaient fait leurs classes, la plupart attendaient les omnibus militaires affrétés depuis Aubagne et qui avaient commencé leurs rotations dans tous les villages du canton. La moisson de la chair à canon était lancée se disait Marcel. Combien ne reviendraient pas cette fois-ci ? Combien de noms en plus sur le monument aux Morts ? Autour de lui se débitaient déjà les mêmes bobards que vingt cinq ans plus tôt. La guerre serait courte, moderne, rapide, efficace, forcément victorieuse. Il entendait déjà les cris, les mêmes qu'en 14 et il ne put s'empêcher de fermer les yeux et de serrer les poings.

— À Berlin à Noël !

Pauvres fous, s'ils savaient. « La guerre, on sait quand ça commence, on sait pas quand ça finit ». C'est ce que disait un vieillard, assis sur le banc à côté de la mairie, mais personne ne l'écoutait. Pourtant, il savait de quoi il parlait. Il avait connu celle de 1870, celle de 14 et, dans le secret de son cœur, il aurait bien aimé passer l'arme à gauche avant que celle-ci ne se déclenche.

En un éclair, Jeanne comprit que le moment était venu. Pour la première fois depuis des mois, personne ne s'occupait d'elle. Personne ne l'avait seulement remarquée. Toute l'attention du village était braquée sur ceux qui allaient bientôt partir, sur ceux qui partaient déjà. Elle prit sa résolution, son courage à deux mains, entre les couples en plein désarroi, elle glissait comme une ombre, comme un fantôme. Elle rasait les murs du village. Passée l'angle de la grande place, les rues étaient désertes. Personne non plus au bar de Papin. Arrivée à la hauteur de la boucherie Giraud où il était écrit en lettres rouges sur le rideau de fer « fermé pour une durée indéterminée », elle changea de trottoir. La boulangerie aussi avait été désertée. L'atelier de Clovis était vide et son propriétaire n'était pas aux asperges, d'ailleurs, ce n'était plus la saison. Tout Saint-Martial avait conflué vers la mairie, même Monsieur le Curé. Jeanne, elle, avait le champ libre pour aller en sens inverse, pour enfin rejoindre les collines. Elles l'appelaient depuis si longtemps. De temps en temps, elle croisait un gamin, un de ses élèves qui courait et lui criait :

— Maîtresse, maîtresse, c'est la guerre ! C'est la guerre !

Elle lui répondit qu'elle le savait.

Arrivée au pied du chemin creux où elle avait tant de fois été surprise, reprise et obligée à faire demi-tour, elle s'arrêta quelques instants. Elle entendait encore les cris qui montaient de la place. Alors, elle se boucha les oreilles et se mit à courir elle-aussi, mais pas vers les cris de guerre. Elle courait vers lui et ses collines, lui et sa solitude, lui et Nicolas. Elle courait vers la Paix. Elle courait vers l'Amour.

XV

— Bernard, est-ce que ce ne serait pas l'heure de la leçon d'histoire ?

— Tu as raison, Nicolas. Allez ! Il est temps de rentrer.

Depuis quelques semaines déjà, Lourseau s'était mis en tête de faire la classe à l'enfant. Nicolas avait accepté sans rechigner. Bernard était d'accord pour qu'il partage sa vie de solitaire mais pas au prix de sa scolarité. Ses réflexes de professeur avaient vite repris le dessus. Lui qui avait eu l'habitude de préparer des étudiants à soutenir des mémoires de maîtrise ou des thèses de doctorat, il s'attachait maintenant du mieux qu'il le pouvait à faire en sorte que Nicolas décrochât son certificat d'études. Au début, il avait improvisé quelques cours dans les disciplines où il se sentait le plus à l'aise, l'histoire, bien sûr, mais aussi la géographie et le français. Restait l'épineux problème des mathématiques, cela n'avait jamais été le fort de Lourseau. Et puis, il fallait du matériel, des livres scolaires, des cahiers, de l'encre et des portes plumes. Dans le bric à brac qu'il avait emmené avec lui pour son exil volontaire, Bernard n'avait pas prévu ce genre d'articles. Il avait dû descendre aux Merlusses où personne, à l'exception du docteur et du facteur, ne le connaissait pour commander une partie des fournitures scolaires, celles dont il avait le besoin le plus immédiat. Pour ne pas éveiller les soupçons, il s'était tout d'abord limité au strict minimum, ce qu'un père de famille scrupuleux à suivre le parcours scolaire de son enfant aurait acheté en prévision de la future rentrée. Pour les manuels, il avait dû pousser jusqu'à Aubagne. Après plusieurs allers-retours, le plus discrètement possible, Bernard avait presque réussi à reconstituer dans la cabane le décor d'une vraie salle de classe. Il avait même déniché à la stupéfaction de Nicolas un tableau noir et des cartes murales ! Tous les jours, après la tournée des pièges et avant le travail dans le potager, l'école des collines ouvrait et ce à la grande joie de Nicolas, d'autant que le rythme de travail était beaucoup plus souple qu'avec Jeanne et certaines situations des plus cocasses. Les pauses étaient nombreuses, Bernard était un peu rouillé. Il devait tout à la fois se familiariser avec les programmes de 1938 et pas ceux du siècle dernier, faire la classe à un enfant et pas un cours pour des étudiants, au fond d'une cabane et pas dans un amphi. Autant dire que l'ancien professeur de faculté était bien souvent dépassé et que cela se voyait ! Nicolas adorait ça. Ce qui le distrayait le plus était les séances d'arithmétique. C'était alors souvent l'élève qui expliquait les problèmes au professeur. Mais, lorsque la leçon d'histoire débutait, là le ton changeait. Plus de rire ou de facéties, du sérieux. Bernard était dans sa partie. Peu à peu, il retrouvait le feu sacré et l'enfant buvait littéralement ses paroles. Lui qui avait toujours détesté cette matière, même avec Jeanne, se découvrait une passion pour les hommes du passé que Bernard arrivait en quelques minutes à faire revenir au présent, passant avec une facilité déconcertante de l'Antiquité romaine aux Temps des cathédrales ou à celui des Grandes Découvertes. Nicolas aimait cet enseignement éclectique et parfois peu orthodoxe. Il avait le sentiment d'avoir appris plus de choses durant ces quelques semaines que pendant toutes les années passées avec la vieille Gertrude. Néanmoins, même s'il ne le disait pas à Bernard pour ne pas lui faire de peine, il regrettait un peu Jeanne, l'école, sa classe et ses camarades. Lourseau le sentait. Il savait que tôt ou tard, Nicolas retournerait vers son monde et qu'il serait à nouveau seul. Mais, pour l'heure, il préférait ne pas y penser et il continuait à donner de sa personne pour éveiller et cultiver l'esprit de cet enfant que le hasard avait mis sur sa route.

Jeanne marchait depuis plusieurs heures déjà sous un soleil de plomb. De temps à autre, elle se penchait au-dessus d'un fourré. Elle savait ce qu'elle devait trouver pour arriver jusqu'au refuge de Bernard. Mais, le temps passait et ses recherches restaient infructueuses. La fatigue, l'énervement de cette journée intense en émotions, la soif commençaient à se faire sentir. Jeanne se maudissait d'être partie si vite sans même avoir pris une gourde. Elle grimpait le chemin caillouteux d'un pas déjà moins alerte. De temps en temps, elle trébuchait, s'arrêtait quelques instants pour reprendre sa respiration et repartait à l'assaut des contreforts des collines. Elle savait que pour le rejoindre, elle devait monter plus haut, bien plus haut. Il fallait s'enfoncer là où la végétation se faisait plus épaisse, là où les chemins étaient plus étroits. Elle ne se décourageait pas et continuait cette ascension en tournant le dos au village et à son funeste tumulte. Comme un chien de chasse, elle suivait une piste, celle des pièges de Lourseau. Pour l'instant, elle n'en avait vu aucun. Elle était encore loin du plateau du Solitaire, là où Giraud l'avait aperçue une fois, là où elle avait oublié ce livre à la couverture jaune qui depuis était devenu la propriété de Bernard.

Elle devait encore marcher, aller vers ce qu'elle savait être son destin. Après s'être plusieurs fois écorchée aux ronces qui encombraient le sentier de plus en plus raide, elle arriva enfin en vue du plateau parsemé de vieilles restanques et d'oliviers laissés à l'abandon depuis des temps si anciens que personne ne se souvenait plus qui les avait plantés. Elle cherchait à s'en brûler les yeux des indices, des traces de la présence de Bernard en ces lieux. Soudain, elle vit un éclat métallique qui scintillait au soleil. C'était un piège, enfin, le premier qu'elle trouvait. Elle était sur la bonne voie. Elle retrouva d'un coup des forces. De piège en piège, elle allait remonter la piste comme Nicolas l'avait fait des mois auparavant. De vallon en vallon, de restanque en restanque, elle avançait vers lui. L'endroit était de plus en plus désert, le silence de plus en plus profond. Il n'était troublé de temps à autre que par le cri d'un oiseau ou le crissement des herbes sèches au démarrage d'un lézard vert dérangé par les pas de Jeanne qui s'enfonçait maintenant dans la chênaie. Les arbres, serrés les uns contre les autres, lui apportaient une ombre salutaire. Après l'éclat aveuglant du soleil sur la garrigue, ils lui donnaient l'impression qu'il faisait nuit. Les chemins n'existaient plus, la voie à suivre n'était plus qu'une vague piste qu'auraient pu tout aussi bien tracer les sangliers ou les pas du solitaire des collines. Mais Jeanne sentait qu'elle ne se trompait pas de route, tout son corps lui disait qu'elle était proche du but. Après encore de longues minutes de marche incertaine, elle déboucha dans une petite clairière. Là, au pied d'une falaise envahie de végétation se trouvait une cabane. Elle avait réussi. Elle avait atteint le refuge de Lourseau. En approchant, elle tremblait de tout son être. Encore quelques pas. La porte était ouverte. Elle entendit alors une voix, sa voix et c'était la première fois. Elle était profonde, un peu rocailleuse, belle et rassurante.

— « Nous avons donc un empire africain. Le grand désert du Sahara qui touche à la fois à notre Afrique du Nord, à notre Afrique occidentale, à notre Afrique équatoriale, est en majeure partie sous notre influence.

Nous devons notre nouvel empire colonial au ministre Jules Ferry qui, malgré des attaques passionnées, voulut le créer ; et aussi aux explorateurs, marins et soldats qui le firent, souvent au prix de leur vie ou de leur santé.

La France tire profit de ses colonies, qui lui ont fourni beaucoup de bons soldats pendant la Grande Guerre. Mais en même temps, après y avoir mis fin au brigandage, aux guerres de pillage, à l'esclavage, elle y a créé des routes, des chemins de fer, des écoles. Elle y répand l'instruction, le progrès, la civilisation. »

Bernard referma le Petit Lavisse et fixa Nicolas d'un regard pénétrant.

— Tout ce que je viens de te lire, c'est ce qu'il te faudra retenir pour passer ton examen. Mais, dis-moi, Nicolas, toi qu'est-ce que tu en penses ?

— Euh ! Je ne sais pas trop Bernard.

— On ne vous apprend pas à réfléchir par vous-même à l'école ?

— Mademoiselle Gertrude, pas trop. Par contre, Mademoiselle Jeanne… euh, je veux dire la maîtresse nous dit souvent qu'elle n'est pas là pour nous farcir le crâne comme on gave des oies et qu'il faut qu'on apprenne à se forger nos propres opinions, qu'elle n'est là que pour nous y aider.

À ces mots, Lourseau ne put s'empêcher de sourire.

— Elle a raison, ta maîtresse. Et bien, justement, voyons un peu si tu as bien profité de ses leçons. Quelle est ton opinion sur ce que je viens de te lire ?

— Je ne sais pas trop, j'ai un peu peur de dire des bêtises.

— Allons ! Tu ne dois pas avoir peur, lance-toi, on est entre nous ici. Dis ce que tu penses.

Nicolas se cala dans sa chaise, prit une inspiration pour se donner de l'assurance et dit :

— Je ne suis pas sûr qu'on avait le droit de prendre possession de tous ces territoires en Asie et en Afrique. C'est un peu comme du vol, non ? Tous ces gens étaient chez eux et vivaient librement avant que l'on ne vienne les, comment dire ? Les envahir.

— Continue, Nicolas, c'est très intéressant.

— Et puis, dans le livre, il est écrit qu'ils ont été de bons soldats pour la Grande guerre, mais, pourquoi ? Cette guerre, c'était la nôtre, pas la leur. Pourquoi est-ce qu'il a fallu qu'ils la fassent, eux ? Ils n'y étaient pour rien dans nos histoires en Europe, non ? Et puis, toutes ces routes et ces voies de chemin de fer que le livre dit qu'on a construit là-bas, on les a faites pour qui ? Pour eux, ou pour nous et notre instruction, notre progrès, notre civilisation, est-ce qu'on leur a demandé leur avis avant de les leur apporter ?

Bernard regardait l'enfant qui maintenant se taisait. Il avait croisé les bras sur sa poitrine et secouait doucement la tête de haut en bas. Aux lèvres, un petit sourire en coin indiquait à Nicolas que le maître était content de son élève.

— C'est ta maîtresse qui t'a appris à réfléchir comme ça ?

— Je sais pas, sans doute

— Elle a bien travaillé.

— Vous croyez que je pourrai dire tout ça au certificat d'étude ?

— Euh !... je pense qu'il vaut mieux que tu évites.

— Pourquoi ? C'est faux tout ce que j'ai dit, vous aviez l'air content de moi pourtant.

— Non, Nicolas, ce n'est pas faux, mais toutes les vérités ne sont pas toujours bonnes à dire à certaines personnes, dans certaines circonstances, tu vois ?

— Je vois... je sais.

Une ombre passa sur le visage de l'enfant. De douloureux souvenirs remontaient à la surface. Voyant cela, Bernard crut bon de changer de sujet.

— Bon ! Si on faisait des mathématiques. Tiens, prenons un peu ce problème... Oh ! Là, là, c'est du chinois pour moi, tu veux bien essayer de m'expliquer ?

Jeanne s'était approchée pour ne pas perdre une miette de la conversation entre Bernard et Nicolas. Elle n'osait pas entrer. Elle avait peur de les déranger. Elle éprouvait un profond respect pour ce que Lourseau était en train de faire. Il enseignait, comme elle, mais de façon si différente. Elle admirait la liberté avec laquelle il faisait la classe à son unique élève. Elle y percevait toute sa force, sa générosité, sa passion et sa révolte. Nicolas était entre de bonnes mains. Il avait l'air d'aller très bien, beaucoup mieux en tout cas que la dernière fois qu'elle l'avait vu. Il avait mûri au contact de Bernard. Les deux avaient l'air de bien s'entendre. Elle hésitait à venir s'immiscer dans leur toute jeune complicité. Après tous les efforts qu'elle avait faits pour arriver jusque-là, elle était prête à rebrousser chemin de peur de les gêner. Déjà, elle reculait de quelques pas. Et puis, l'envie de le voir, de lui parler fut la plus forte. Elle se jeta à l'eau, mais sans hâte. Tout doucement, le plus discrètement du monde, elle entra dans la cabane-classe. Le maître et l'élève, absorbés qu'ils étaient à la compréhension de leur casse-tête mathématique, ne remarquèrent même pas sa présence. Elle était là, à les regarder sans arriver à briser le silence, comme si parler aurait détruit le charme de cet instant dont elle avait tant de fois rêvé. Après plusieurs secondes d'éternité, n'en tenant plus, elle finit par oser se signaler à eux par un petit raclement de gorge, presque un murmure. Ce fut Nicolas qui releva la tête le premier de son cahier. Quand il vit Jeanne, son visage s'éclaira. Il tapa sur la manche de Bernard qui à son tour croisa le regard de la jeune institutrice. Ses traits, jusque-là tendus par la réflexion, se firent soudain plus doux, ses yeux brillaient, il souriait. Cela engagea Jeanne à parler la première.

— Bonjour, Nicolas. Je me doutais que tu étais ici.

Elle ajouta en regardant Bernard intensément :

— Monsieur Lourseau, vous me faites de la concurrence déloyale. Aller faire la classe à un de mes élèves un mois avant la rentrée !...

La boutade dissimulait mal la profonde émotion de Jeanne. En s'adressant à Bernard, elle avait l'impression de faire la chose la plus importante de sa vie. Elle avait tellement peur qu'il ne lui réponde pas, qu'il lui réserve le même mutisme buté que celui qu'il avait toujours pour les gens du village. Elle craignait qu'il la considère pareille aux autres, à ceux à qui il ne parlait pas. Elle ne se doutait pas que pour lui, il y avait longtemps qu'il ne la confondait plus avec le reste de cette humanité qu'il fuyait depuis tant d'années. Cette venue, dans le secret de son cœur, il l'espérait depuis des jours et des nuits. En la voyant, il ne s'y trompait pas. Il comprenait. Elle-aussi avait fui, comme lui, dix ans auparavant, comme Nicolas, quelques mois plus tôt. Mais quoi ? Lui, un amour à jamais perdu et le goût de la vie, Nicolas, un père fou et tortionnaire et elle, que fuyait-elle ? Pourquoi chercher refuge ici ? Bernard ne pouvait pas imaginer qu'elle puisse en fait chercher refuge auprès de lui. Un enfant à qui il avait sauvé la vie, passe encore, mais cette belle et fière jeune femme de vingt-trois ans, que pouvait-elle bien faire ici ? C'est ce qu'il lui demanda, d'une voix dont la douceur étonna Nicolas. Les yeux de l'enfant allaient sans s'arrêter de l'un à l'autre. Entre les deux, depuis quelques instants, il avait l'impression non pas d'être de trop, mais de ne plus exister. Tout était comme s'il n'y avait plus eu qu'eux deux dans la pièce. Les lieux même semblaient trop étroits pour accueillir la grandeur de l'instant, du moment magique et magnifique de cette rencontre.

— Jeanne ? Mais que faites-vous ici ?

Elle tressaillit en l'entendant prononcer son prénom. Il lui parlait et il l'appelait Jeanne. D'emblée, il ne mettait pas de distance entre eux deux, pas de mademoiselle et tant de sollicitude dans sa voix, tant d'intérêt pour elle dans sa question. Elle en était bouleversée, ne savait plus que lui répondre. Elle avait tant et tant de fois répété ses mots pour le moment qu'elle vivait maintenant. Tout était en train de se mélanger dans sa tête, comme pour une candidate trop sérieuse et trop anxieuse qui aurait trop travaillé la veille d'un examen. Elle ne savait plus par où commencer. Bernard voyait cette panique. Il avait fait passer assez d'oraux dans sa vie pour en reconnaître les symptômes, mais quant à la cause du mal, il ne comprenait pas. Jeanne n'avait rien d'une émotive, tout d'une femme de tête. Pourquoi se mettait-elle dans cet état ? Il ne pouvait croire qu'il fut si impressionnant, d'autant que c'était plutôt lui qui était impressionné. Même s'il semblait mener le jeu, il ne tenait son peu d'assurance que du fait qu'il jouait à domicile, qu'il était celui vers qui elle était venue, celui vers qui elle avait fait le premier pas. En dehors de ce léger avantage, au fond de lui, Bernard n'en menait pas large.

— Et bien, mais asseyez-vous. Vous voulez boire quelque chose ? Du café, peut-être ? Je n'ai pas grand-chose d'autre à vous offrir.

Jeanne répondit d'une petite voix :

— Oui, oui, du café, ça ira.

Bernard s'était levé de sa chaise branlante et la tendit à la jeune femme. Elle s'assit à côté de Nicolas qui lui sourit. Il était tellement content de la voir. Il avait l'impression d'être dans un rêve. Bernard s'affaira dans un tintamarre de casseroles. Il était troublé et ne savait plus trop ce qu'il faisait. De temps en temps, il émettait un juron de dépit face à ses maladresses qui ne cessaient de s'accumuler. Nicolas le regardait en riant. Cela détendit l'atmosphère. Jeanne finit par sourire timidement puis à rire elle-aussi.

Bernard se retourna vers eux, gauche et interdit, la boîte de café dans une main, une casserole dans l'autre. Le ridicule de sa situation le fit lui aussi sourire. Il laissa tomber à l'intention de son invitée surprise :

— Comme vous le voyez, je n'ai pas trop l'habitude des visites. Mais, ne vous inquiétez pas, je vais finir par m'en sortir !

Jeanne retrouvait un peu d'assurance. Elle lui lança un ironique :

— Oh ! Mais je vous en prie, faites comme chez vous.

Son ton moqueur arracha un nouveau sourire à Bernard. Il fondait sous le charme de la jeune femme. Elle lui faisait doucement oublier cette autre femme dont les traits du visage s'étaient estompés depuis déjà longtemps dans sa mémoire confuse. Ne restaient plus que la douleur de la perte et la culpabilité de n'avoir pas pu l'empêcher. Peu à peu, cette autre devenait un souvenir, comme une histoire ancienne, une histoire qu'il avait si souvent essayé de faire revivre dans le présent. En vain. Il le savait. Mais dans son désespoir, il n'avait pas su quoi faire d'autre. Aujourd'hui, les choses avaient changé. Nicolas l'avait ramené à la vie. Jeanne, elle, le conduisait doucement, comme un malade convalescent, sur les chemins de l'amour. Pour la première fois depuis dix ans, Lourseau quittait grâce à elle le monde du passé pour à nouveau croire en l'avenir. Au bout d'un moment, Bernard revint à la question qui l'intriguait au plus haut point depuis que Jeanne était arrivée.

— Vous n'avez toujours pas répondu à ma question, Jeanne. Pourquoi êtes-vous venue jusqu'ici ?

Elle le regarda fixement et entrouvrit la bouche. Aucun son n'en sortit. De dépit, elle secoua la tête, puis les mains. Son trouble était émouvant. Bernard l'aida alors avec patience, mais fermeté, il insistait du regard. Lui, qui refusait de s'adresser à la terre entière, ou presque, voulait qu'elle parle, qu'elle lui dise la raison de son trouble. De toutes ses forces, il l'écoutait. Et face à cette douce résolution, Jeanne ne put que lentement d'abord, puis de plus en plus vite s'épancher de tout ce qu'elle avait dans le cœur depuis si longtemps. Là, assise sur la mauvaise chaise faite par cet homme auquel elle avait si souvent pensé, elle dit enfin tous les mots qui lui étouffaient la poitrine depuis des mois et ce fut pour elle comme une libération, et ce fut pour lui qui écoutait en silence comme la fin de dix années de prison. Au début, il n'en croyait pas ses oreilles, ni Nicolas d'ailleurs qui ne songeait toujours pas à les laisser. Puis, cette déclaration d'amour, puisque c'en était bien une, s'imposa à lui comme une évidence, comme s'il avait toujours su que leurs destins à tous les deux étaient liés pour toujours et de toute éternité, dès cet instant où il avait découvert ce livre à la couverture jaune dans lequel la main de Jeanne avait tracé ces notes d'une sensibilité et d'une intelligence qui lui avait tout de suite parlé au cœur. Presque instinctivement, il s'était dirigé vers le coin de la pièce où le livre se trouvait. Quand Jeanne se tut, alors qu'elle le regardait, anxieuse de sa réaction, il le prit, le lui montra en souriant, s'approcha d'elle et le lui tendit, sans un mot. Alors que leurs yeux ne se quittaient plus, elle le prit et leurs doigts se frôlèrent. L'instant était électrique. À ce moment, le solitaire des collines n'était plus seul. Ils étaient deux. Et c'est naturellement que très lentement, ils s'embrassèrent. Nicolas, les larmes aux yeux, se leva sans qu'ils ne le remarquent. Il sortit de la cabane en fermant délicatement la porte sur leur amour naissant.

XVI

La guerre durait déjà depuis plusieurs mois et c'était une drôle de guerre. Étrange en effet cette guerre qui ne faisait pas de morts et qui n'avait pas de batailles. Les vieux n'y comprenaient rien. Chacun avait repris une vie presque normale. Bien sûr, sans les hommes en âge de combattre, les rues étaient un peu plus vides que d'habitude et le bar de Papin moins bruyant. Comme en 1914, les femmes avaient pris le pouvoir. Mais, les permissions étant plus régulières et plus longues, les retours momentanés des soldats sans gloire d'un front qui n'en était pas un finissaient souvent en scènes de ménage homériques où des services de table entiers passaient par les fenêtres. Il fallait prendre garde de ne pas se trouver dessous. En règle générale, les passants, avertis par les cris des matrones contestées dans leur autorité par leurs troufions de maris, changeaient sagement de trottoir pour éviter de prendre sur la tête quelque projectile ménager.

Jeanne avait repris le chemin de l'école, à l'heure dite, le jour dit, fidèle au poste. Elle avait laissé à regret derrière elle Bernard et Nicolas, sa fuite à elle n'avait été que momentanée. Elle se devait à ses élèves. On lui faisait confiance. Mais, de retour au village, dans son petit appartement de fonction ou dans sa classe, elle savait maintenant qu'une partie d'elle était ailleurs, qu'elle appartenait à deux mondes, celui des Hommes et celui de cet homme qu'elle aimait et qui vivait là-haut avec cet enfant perdu qu'il avait recueilli et dont il s'occupait patiemment. Elle n'avait pas cherché à les convaincre de redescendre. Elle savait pour l'un comme pour l'autre qu'il était trop tôt. Elle était revenue après quelques jours d'absence qui en pleines vacances et mobilisation générale étaient presque passés inaperçus de tous à Saint-Martial, presque. Quelqu'un avait compris ce qui s'était passé. Marcel Chasse savait. Le jour de la mobilisation, malgré le tumulte et le chaos qu'il s'efforçait en vain de maîtriser, il avait vu Jeanne partir précipitamment. Il avait bien pensé la retenir, mais lorsqu'il avait compris quelle direction elle prenait, là, entre les ruelles, vers les sentiers escarpés, il s'en était bien gardé. Il s'était contenté de sourire. Au milieu des malheurs à venir que la guerre apporterait immanquablement, il y avait au moins un espoir, celui du bonheur pour deux êtres d'exception dont il sut ce jour-là qu'ils étaient faits l'un pour l'autre. Aussi n'avait-il rien dit. Mieux, il avait couvert la fuite de la jeune institutrice en mentant effrontément aux quelques curieux qui s'en étaient émus. Lorsqu'elle revint, il resta toujours silencieux. Affable, aimable même avec Jeanne, il ne lui posa aucune question, fit comme si elle n'était jamais partie. Elle ne pouvait pas croire qu'il ne se soit rendu compte de rien, la mairie et l'école étaient bien trop proches pour que ce fût le cas. Elle n'en admira que plus le Grand Marcel. Elle découvrait que derrière le meneur d'homme à la faconde méditerranéenne se cachait un grand cœur, celui d'une personne sensible, délicate même, capable de discrétion et sachant garder un secret. Cela la rassurait. Elle savait qu'au village, quoiqu'il pût arriver dans ces temps troublés, elle pouvait vraiment compter sur quelqu'un.

Les jours succédaient aux jours, Bernard et Nicolas manquaient de plus en plus à Jeanne. Elle savait qu'il n'y aurait pas une seconde mobilisation générale pour couvrir une nouvelle montée vers le refuge de l'homme dont elle languissait chaque jour et chaque nuit à s'en faire mal. Les portes du bonheur lui semblaient à nouveau closes pour longtemps.

Aux vacances de Noël, alors que le froid se faisait mordant et que quelques flocons s'étaient invités pour blanchir les collines, elle reçut un cadeau inattendu, inespéré. Alors qu'elle traversait le hall de la mairie-école et qu'elle avait salué Madeleine, occupée à faire le ménage, toujours l'oreille et les yeux aux aguets de quelque ragot à rapporter aux curieux et médisants de Saint-Martial, la porte du bureau du maire s'ouvrit à la volée. Pour un peu, Jeanne se serait crue comédienne dans une pièce de théâtre de boulevard. Cérémonieusement, le Grand Marcel avança vers elle, lui serra la main et l'œil entendu lui dit, presque en hurlant, afin d'être bien sûr que la femme de ménage-mégère l'entendrait bien :

— Jeanne, vous avez une mine affreuse ! Ces garnements vous ont épuisée, je m'en rends bien compte. J'ai pris sur moi d'appeler votre famille à Marseille. Vous avez besoin de changer d'air. Si, si, j'insiste. Demain, je vous conduirai à Aubagne. Le docteur Fernand m'a prêté l'automobile. Il n'en a pas besoin avant neuf heures. Soyez prête à sept heures avec vos bagages. Ne vous inquiétez pas pour les billets de train, je me suis occupé de tout.

Il lui serra à nouveau la main et la regarda dans les yeux avec insistance. C'était à elle de donner sa réplique :

— Bon, d'accord, Marcel, vous avez sans doute raison. Quelques jours de vacances à… Marseille me feront le plus grand bien. À sept heures… je serai prête.

Et, ne comprenant rien, ou n'osant pas encore comprendre ce que le maire tramait, Jeanne monta dans son appartement préparer ses affaires. Elle se doutait un peu qu'elle devrait voyager léger. Aussi ne fit-elle qu'un sac en ne prenant que l'essentiel.

Le lendemain, Marcel l'attendait, silencieux. Il la fit monter dans la voiture. Elle s'installa, son sac de voyage sur les genoux. Le maire démarra en trombe. Quelques curieuses les regardaient partir derrière les carreaux embués de leurs fenêtres. Il prit effectivement la direction d'Aubagne, toujours silencieux. Ils roulaient depuis plusieurs minutes, laissant derrière eux les dernières maisons du village. Soudain, le maire, après avoir regardé alentour, bifurqua à droite, dans un chemin creux que Jeanne ne connaissait pas. Elle se tourna vers lui interloquée :

— Mais, Marcel, où m'emmenez-vous ?

Chasse se contenta de lever une main du volant et de la regarder, un sourire entendu. Il continuait sur le chemin de terre et de pierres et la petite Ford T du docteur n'en finissait plus de tanguer. Jeanne devait s'accrocher pour ne pas tomber sur Marcel. Elle-aussi se taisait. Elle-aussi souriait. Elle commençait lentement à saisir toute la générosité des manigances du maire. Lorsqu'enfin il arrêta la voiture, Jeanne vit où elle se trouvait. Elle regarda Marcel, les yeux brillants de reconnaissance. Timide, lui n'osait pas affronter son regard. Il l'avait conduite au pied du plateau du Solitaire en suivant un vieux chemin muletier que peu de gens connaissaient encore au village. À 7 heures 30 du matin, avec tous ces hommes à la guerre et le froid mordant qu'il faisait, l'endroit était désert. Les yeux rivés devant lui, les deux mains crispées sur le volant, Marcel murmura :

— Voilà, je ne peux pas vous conduire plus loin. Après, on ne peut passer qu'à pied. Mais, je suis sûr que vous connaissez le chemin. Allez ! Courez le retrouver ! Vous lui passerez le bonjour et… vous ferez une bise de ma part à mon neveu.

Jeanne sursauta d'étonnement :

— Vous savez aussi pour Nicolas.

— Je sais beaucoup de choses, je comprends beaucoup de choses. C'est ça être le maire. Je viendrai vous reprendre ici à la même heure dans cinq jours. Allez, dépêchez-vous, il ne faudrait pas qu'on nous voie.

— Merci, Marcel, merci du fond du cœur.

Le Grand Marcel s'agita nerveusement sur son siège, il n'arrivait toujours pas à tourner la tête vers Jeanne.

— Bah ! Ce n'est rien, ça me fait plaisir. Allez, sauvez-vous !

Jeanne l'embrassa sur la joue et sortit. Elle volait presque sur le sentier enneigé qui la conduisait à nouveau vers Bernard. Après quelques minutes durant lesquelles Marcel se remit de ses émotions et lorsque Jeanne eut définitivement disparu dans la nature pétrifiée par le froid de ce petit matin d'hiver, il démarra pour reprendre la grande route vers Aubagne. Il avait bien besoin d'un verre au café de la gare.

Le Noël que Jeanne passa dans les collines avec Bernard et Nicolas fut le plus beau de sa vie. Aussi loin qu'elle se souvenait, cette fête avait toujours été empreinte pour elle de tristesse et de mélancolie, tristesse due au manque de ce père, mort à la guerre et qu'elle avait si peu connu, mélancolie dans les yeux de sa mère, restée seule depuis et qui maintenant l'avait rejoint. Pour Lourseau, fêter Noël était une chose dont il avait perdu l'habitude depuis son exil volontaire, depuis que la mort avait fait une entrée fracassante dans sa vie. Il ne savait plus très bien comment s'y prendre. Il était gauche et maladroit. Jeanne l'aida, pour Nicolas dont c'était la première fête de famille, sans famille. Ensemble, ils allèrent couper un pin dans la forêt. Ils le décorèrent comme ils purent en se servant de ce qui leur tomba sous la main dans le fourbi de Bernard. Les cadeaux furent modestes, mais distribués avec tant de tendresse qu'ils allèrent droit au cœur de ces trois naufragés de la vie, serrés devant le feu de cheminée qui crépitait joyeusement et réchauffait un peu leurs corps. Pour leurs cœurs, le simple fait d'être réunis suffisait. Ces vacances, offertes grâce à la générosité du maire de la commune, passèrent comme un éclair et en même temps leur semblèrent durer mille ans. Au matin du cinquième jour, il fallut redescendre. Les trois avaient bien du mal à se quitter. Bernard et Nicolas raccompagnèrent Jeanne aussi loin que la prudence le leur permettait, pour Nicolas, surtout ne pas se faire voir, pour Jeanne et Bernard, garder le plus longtemps possible leur amour secret. Il était si précieux pour elle et pour lui, tellement miraculeux qu'ils avaient peur que la foule des bien-pensants et autres médisants ne le salisse avec leurs regards et avec leurs salives acides. Fidèle au rendez-vous, Marcel attendait la jeune femme. Elle avait l'impression qu'il n'avait pas bougé depuis qu'il l'avait laissée cinq jours auparavant. La Ford T était garée au même endroit et le maire avait toujours les deux mains posées sur le volant, le regard fixe. Elle entra et tenta de sécher discrètement ses larmes. La séparation avait été difficile. Marcel démarra sans un mot. Son silence n'était pas de l'indifférence, Jeanne le savait bien, mais au contraire une forme de respect. Marcel était de ces hommes qui savent que dans certains cas, face à certaines peines, il vaut mieux ne rien dire. Pour que l'illusion soit parfaite, comme à l'aller, il poussa jusqu'à Aubagne. Ensemble, ils s'assirent au café de la gare. Alors, tout doucement, sans brusquer la jeune femme, le maire prit des nouvelles de ses deux administrés marginaux, puis de l'institutrice de son village. Jeanne, en confiance, se laissa aller ; elle avait besoin de parler, d'un peu dire son bonheur là-haut. Marcel écoutait, simplement. Il ne jugeait pas, n'avait pas de conseil à donner, il écoutait comme un miroir les confidences de la jeune femme. Puis, ils rentrèrent. Les vacances étaient finies. La vie ordinaire allait reprendre et… la guerre. Jeanne l'avait presque oubliée celle-là. Elle allait bientôt se rappeler au mauvais souvenir de tous. À la fin du printemps, elle ne fut plus drôle du tout. Elle vira au tragique, au pathétique, à la défaite.

La France, si fière de sa glorieuse armée et de sa ligne Maginot était à terre, écrasée par la machine de guerre infernale des Nazis. Tous au village étaient abasourdis, sonnés par les nouvelles du front qui n'en était plus un tant il était percé de toutes parts. Pas Jeanne. Bernard l'avait avertie. Du fond de sa retraite, avec le peu d'informations qui lui parvenait sans que vraiment il ne cherchât à les avoir, il avait prédit les événements qui maintenant se déroulaient si vite. Et Jeanne l'avait cru. Elle s'en était ouverte à Marcel. Il était peu ou prou du même avis que Lourseau. Les deux anciens de 14-18 ne la sentaient pas, cette guerre. Elle n'était pas comme la leur et ceux qui commandaient les armées de la France étaient les mêmes que vingt-cinq ans auparavant. Ils n'avaient pas su ou pas pu évoluer dans leurs têtes. C'était comme si tout le pays était resté prisonnier de la fausse victoire de 1918. Les gendarmes faisaient à nouveau la tournée macabre des maisons. Même si les combats avaient été brefs, il y avait des décès à Saint-Martial. Comme l'avait craint Marcel, le monument aux morts allait voir sa liste de noms se rallonger. Et puis, il y avait tous ces prisonniers. Les femmes allaient garder le pouvoir pendant longtemps, mais, que fait-on du pouvoir chez soi quand on est seule et que l'on attend le retour de l'être cher, reclus quelque part, là-bas, en Allemagne, si loin ?

Après le traumatisme de la défaite, ce fut la honte de la fausse paix avec les Nazis. L'armistice de juin 40 divisa le village. La masse des habitants l'accueillit avec un coupable soulagement. Au moins, il n'y aurait plus de morts, plus de sang, plus de ruines. Et puis, il y avait le Maréchal qui désormais présidait aux destinées du pays meurtri. On lui faisait confiance, lui, le héros de Verdun. Il saurait quoi faire. Il fallait lui obéir. Bien peu doutaient, encore moins songeaient déjà à résister. Jeanne et Marcel étaient de ceux-là. Même s'ils ne s'en parlaient pas, ils le savaient. Quand ils durent prêter serment de fidélité au Maréchal de l'État français, ils songèrent tous deux à démissionner, mais se reprirent. Ils seraient plus utiles à leurs postes respectifs. Ils jurèrent, en croisant les doigts dans leur dos et en serrant les dents. Ils n'acceptaient pas la mort de la République, l'occupation, la collaboration avec Hitler. Ils se sentaient seuls. Ils ne savaient pas encore que depuis Londres, un jeune général était prêt à continuer la lutte, à porter la flamme de l'esprit de résistance. Ils ne l'apprirent que plus tard et cette nouvelle leur redonna de l'espoir, un bien faible espoir, car pour l'heure, il fallait surtout survivre. La pénurie commença très vite à sévir. On manquait de tout. Face à cette situation, Marcel déplorait le manque de solidarité de ses administrés. Le règne du chacun pour soi commençait. La nouvelle devise de la France avait bien été intégrée. Pour chacun, c'était d'abord sa famille, il n'y avait plus de fraternité. Quant à la liberté, le régime de Vichy eut tôt fait de l'étouffer. Et l'égalité ? Le Statut des Juifs, décalque parfait des décrets antisémites allemands, l'annihilait.

Il n'y avait qu'une famille juive à Saint-Martial. Monsieur et Madame Cohen étaient installés là depuis plus de quarante ans. Ils tenaient le seul salon de coiffure du village et tout le monde leur disait bonjour. Ils étaient si gentils. Leur fils était tombé pour la France. Son nom était le deuxième sur le monument aux morts. Les Cohen avaient subi ce deuil avec une dignité qui forçait l'admiration de tous au village. Pour beaucoup, ils avaient été un exemple. Le salon de coiffure d'Albert et Élisabeth n'avait pas baissé son rideau une seule journée. Tous les matins, les Cohen étaient là pour accueillir leurs clients, lui aux ciseaux et elle aux shampoings, aux couleurs et aux permanentes. Soucieux de s'intégrer totalement à leur pays, ils travaillaient le samedi et fermaient le dimanche, comme tout le monde. Ils n'aspiraient qu'à une seule chose, être comme tout le monde. Quelques années après l'arrivée de Lourseau à Saint-Martial, un miracle se produisit dans leur vie. Ils eurent un second garçon. Le sourire éclaira à nouveau leurs visages. Le petit Simon, sept ans, avait l'existence des enfants de son âge. Il allait à l'école du village et était un des élèves préférés de Jeanne. Toujours poli, rieur, beau avec ses yeux noisette et ses cheveux noirs bouclés. Il était la coqueluche des grandes filles de la classe qui jouaient avec lui un peu comme avec une poupée. Les Cohen étaient heureux. C'est ce bonheur retrouvé qui vola en éclats avec les lois nouvelles, de la nouvelle France que Pétain et sa clique voulaient édifier en profitant de la défaite. Pour tous, la devise de la République avait disparu, pour les Cohen, celle de l'État français n'avait aucun sens. Le Travail ? Ils n'en eurent bientôt plus. Peu à peu, les habitants désertèrent leur salon de coiffure comme s'il avait été tenu par des pestiférés. La Patrie ? Ils en étaient peu à peu exclus. On les considérait comme des Français de seconde zone avec leur inscription obligatoire sur les registres de l'Union générale des Israélites de France. Même si en zone dite libre, ils ne devaient pas se coudre une étoile jaune sur le cœur, on la leur faisait porter petit à petit dans la tête. À longueur de journaux et de discours radiophoniques, ils étaient dénoncés comme ceux qui appartenaient à « l'anti-France », eux qui avaient perdu un fils pour elle. La Famille ? La leur allait bientôt disparaître. Les rafles et la déportation n'étaient déjà plus très loin et au bout de la route, la mort.

Jeanne était révoltée par le sort qui était fait aux Cohen et c'est pour le petit Simon qu'elle osa pour la première fois résister ouvertement. Elle n'acceptait pas que dans sa classe, il soit mis à l'écart des autres, qu'il soit montré du doigt, insulté par ses camarades en raison de sa religion. Pour contrer les mesures discriminatoires de Vichy et sous l'œil doucereux du vieux Maréchal dont elle avait dû pendre le portrait au-dessus de son tableau noir, elle luttait pied à pied pour extirper de la tête de ses élèves les idées de haine qu'on voulait y mettre à grand renfort de propagande. Même si elle n'en avait plus le droit, chaque fois qu'il le fallait, elle répliquait à l'antisémitisme ambiant par une morale républicaine sans faille. Elle essayait aussi de faire en sorte que l'âge de l'innocence durât le plus longtemps possible pour le petit garçon toujours aussi poli, mais déjà moins rieur qu'était Simon Cohen. Le cours tragique des événements allait rendre sa tâche de plus en plus difficile et dangereuse.

XVII

Du fond de leurs collines, Bernard et Nicolas n'avaient qu'un écho assourdi des drames qui se déroulaient en bas, dans le monde des Hommes emportés par leur folie collective. Mais, Lourseau pressentait ce qui était encore à venir. Il avait commencé à prendre des dispositions particulières pour y faire face. S'il ne s'était agi que de sa seule sécurité, il n'aurait pas eu de telles prudences. Mais, il y avait Nicolas. Les temps étaient à l'intolérance tout azimut. Elle régnait en maîtresse jusqu'au plus haut sommet de l'État, si l'on pouvait appeler État cette pétaudière grotesque qu'était Vichy. Lourseau savait que leurs jours de tranquillité à eux aussi étaient comptés. Dans la grande chasse aux boucs émissaires à laquelle on se livrait en bas depuis la défaite, ils n'allaient pas être oubliés. On se souviendrait bientôt que là-haut vivait un marginal, un « fada » en rupture de ban avec la société. La traque allait reprendre, il en était persuadé. Marcel Chasse ne réussirait pas longtemps à tenir en respect toute cette haine contenue. Elle se déchaînerait contre tous ceux qui ne sont pas dans le moule et dans la norme, les communistes, les francs-maçons, les juifs, les homosexuels, les fous… La liste pouvait être allongée à l'envie de ceux qui voulaient purifier le pays, le purger, le façonner à leur image, suivant leur morale étriquée et traditionaliste.

Bernard connaissait le réseau des grottes que l'érosion avait creusé depuis des milliers d'années dans les entrailles de la colline. Il y déménagea une partie de son bric à brac, y stocka des réserves pour le jour où, poussés par les enragés de Saint-Martial ou d'ailleurs, ils devraient fuir la cabane. Elle était trop exposée, trop facile à trouver. Si Jeanne et Nicolas y étaient arrivés, d'autres y parviendraient sûrement. L'enfant l'aida dans ce déménagement peu orthodoxe. Pour lui, tout cela n'était qu'un jeu, une nouvelle lubie de son étrange compagnon. Il se demandait même s'il n'avait pas trouvé cette activité uniquement dans le but de le distraire. Bernard parlait peu de ses craintes à Nicolas. Il cherchait à le protéger. Il ne voulait pas l'effrayer. Mais lui était très inquiet. Il pensait à Jeanne. Cela faisait très longtemps qu'il ne l'avait pas vue et encore plus longtemps qu'il ne lui avait pas parlé.

Aux premiers temps de l'Occupation, car pour Lourseau le régime de Vichy n'était qu'une forme d'occupation, il avait continué à descendre chercher son pain à Saint-Martial. Là, de loin, il la voyait. Il faisait semblant de ne pas la regarder, mais il la voyait. Ils avaient des codes entre eux, arrivaient à communiquer sans parole et sans geste, juste par la posture de leurs corps. Il savait où elle serait postée pour l'attendre. Elle savait à quel moment il prendrait la rue Grande du village. Parfois, il eut voulu s'élancer vers elle et la prendre dans ses bras, malgré les autres, mais il ne le pouvait pas. Puis, les cartes d'alimentation firent leur apparition. Le pain, comme tout le reste fut rationné. Lourseau comprit alors que sa sécurité et surtout celle de Nicolas nécessitait qu'il ne vînt plus au village. Les habitants ne toléreraient pas qu'il demandât une carte d'alimentation à la mairie et qu'il leur prît une part de leur pain. Il devait faire profil bas, éviter l'affrontement le plus longtemps possible, encore un peu plus disparaître. Il ne descendrait plus au village, il couperait ce dernier lien avec le monde d'en bas. Il devait se donner tout entier aux collines, continuer un peu plus encore dans sa fuite en avant, peut-être sous peu se terrer dans le ventre même de la masse minérale, dernier refuge, ultime havre de paix. Prendre cette décision lui en coûtait. C'était abandonner Jeanne. Pour combien de temps ? Pour toujours peut-être. Mais au point où il en était arrivé, il ne voyait pas comment faire machine arrière. Son exil, volontaire au début, était en train de devenir un piège. La dernière fois qu'il vint à Saint-Martial, au moment de s'en retourner, il leva les yeux sur Jeanne. Il osa la regarder, elle et elle seulement. Elle perçut son désespoir, sut ce qu'il avait décidé et comprit les raisons de ce choix. Lorsqu'il prit le chemin des collines en lui tournant le dos, elle sut que Bernard Lourseau ne reviendrait que quand l'horreur de l'Occupation prendrait fin, que seule la fin de cette guerre de cauchemar le délivrerait de ses collines. Alors qu'avec elle, il entrevoyait à nouveau un avenir, les événements les forçaient à le mettre en suspens. Pour eux, comme pour des millions de Français, avait commencé une longue et douloureuse attente.

Et la guerre ne voulait pas finir. Déjà plus de deux ans qu'elle durait. Avec l'invasion de l'URSS par les Nazis et l'entrée des États-Unis dans le conflit, elle était devenue mondiale. Des hommes se massacraient sur trois océans et sur quatre des six continents de la Terre. Ceux qui en France avaient cru que Pétain leur épargnerait des morts, du sang et des ruines commençaient à déchanter.

1942, année d'espoir avec le débarquement anglo-américain en Afrique du Nord, mais l'horreur allait aussi encore monter d'un cran. Les Allemands franchirent la ligne de démarcation. La zone dite libre ne l'était plus du tout. Vichy demeurait et se durcissait. L'Occupation était maintenant totale. Saint-Martial fit la connaissance des uniformes verts de gris de la Wehrmacht et noirs de la S.S. Résister devenait périlleux, chacun se méfiait de l'autre. Pour les Cohen, l'heure de la fin approchait et ils connaissaient bien l'un de leurs bourreaux. Il descendit d'une traction avant de la Milice un matin de janvier 1943. C'était Édouard Giraud. Son nouvel habit lui allait comme un gant. Son esprit était aussi noir que le béret qu'il portait de travers. Un rictus de satisfaction lui barrait le visage. Il s'était trouvé des maîtres à servir, les Nazis, les S. S, les agents de la Gestapo qui l'accompagnaient. Après la rafle de Marseille, quelques jours plus tôt, cette visite à Saint-Martial était pour eux comme une formalité. L'affaire serait vite réglée, une seule famille à embarquer et c'était ce Français qui la leur avait indiquée. Sans ça, ils n'auraient jamais su. Giraud se moquait du sort de son ancien voisin. Ce n'était pas pour lui qu'il était revenu ici. Il voulait régler ses comptes. Ce moment, il l'avait tant attendu du fond de sa cellule. Sa haine et sa folie, sa violence y avait grandi. Quand Darnand eut besoin d'hommes pour sa Milice, Giraud sut se faire remarquer. Très vite, il démontra toutes ses compétences : arrestations, passages à tabac, torture, exécutions sommaires. L'ancien boucher de Saint-Martial gravit vite les échelons. Il était à nouveau chef de meute. Ses hommes étaient à son image, des criminels, des assassins, ses camarades de prison, des hommes sans idéaux, faciles à manœuvrer : il ordonnerait, ils obéiraient, sans état d'âme.

Giraud allait laisser le soin aux Allemands de s'occuper des Cohen. Lui avait mieux à faire. Il était là pour traquer des résistants, ces odieux terroristes qui défiaient tout à la fois l'occupant et Vichy. C'était la raison officielle, celle qu'il avait donnée à ses supérieurs pour les convaincre de le laisser accompagner les Nazis dans leur sale besogne. Le seul problème d'Édouard ce matin-là était de décider par qui il allait commencer à assouvir sa vengeance personnelle en utilisant sans vergogne les moyens redoutables et terribles que l'État français lui avait donnés. Il était sur la grande place du village avec ses quatre hommes et il hésitait. À qui en voulait-il le plus au final, à Lourseau ou à Marcel Chasse ? Prendrait-il d'assaut la mairie ou se lancerait-il dans une enivrante chasse à l'homme à travers les collines ? L'idée de la chasse à l'homme lui plaisait. Mais, il devait se rendre à l'évidence, le territoire à couvrir était vaste et il avait peu de chasseurs à sa disposition. Il fallait qu'il se calmât, qu'il réfléchît. Il devait trouver un plan. Soudain, il sut. Le Grand Marcel. C'était lui qu'il devait d'abord abattre. Il devait le faire plier. Lui savait certainement où se trouvait la cache de Lourseau et puis, quelle immense satisfaction de l'avoir à sa merci, de le soumettre, lui, le maire de Saint-Martial. Depuis l'enfance, Édouard marchait derrière et Marcel devant. Il commandait, décidait, savait tout. Même le propre père d'Édouard l'admirait. C'est pour cela que sa sœur Louise avait épousé Marcel, pour que les Giraud entrent dans l'illustre famille du maire. Toute sa vie, Édouard avait dû courber l'échine devant le Grand Marcel. En politique, il avait bien tenté sa chance, il avait essayé de le battre, de prendre sa place élection municipale après élection municipale, mais toujours en vain. Il avait perdu à chaque fois, jusqu'à la défaite finale, jusqu'à la prison. De tout cela, le Grand Marcel était responsable. Aujourd'hui, il allait payer, il allait parler, il allait souffrir. C'était le jour de la revanche. Giraud allait enfin gagner et le Grand Marcel ne serait bientôt plus jamais grand pour personne. Ce fut donc vers la mairie qu'Édouard entraîna ses sbires.

Quand Albert et Élisabeth les virent descendre de leur command-car dans leurs uniformes austères et impeccables, ils surent tout de suite qu'ils venaient pour eux comme ils étaient déjà venus pour leurs co-religionnaires de Paris, de Marseille, de Lyon, de Varsovie et d'ailleurs en Europe. Ils ne cherchèrent pas à fuir, à quoi bon ? Ils se tinrent par la main et avancèrent ensemble sur le seuil de leur salon de coiffure depuis longtemps désert. Ils regardaient dans la même direction, dignement. Dans leurs cœurs, leur seule lueur d'espoir était que Simon en réchappât. Il n'était pas avec eux, il était déjà parti pour l'école. Le chef de la troupe des barbares leur demanda leurs noms dans un français haché. Il ne leur parlait pas, il aboyait. Il vérifia leurs papiers d'identité et fit fouiller le salon et l'appartement du dessus par ses hommes.

— On nous a informés que vous aviez un garçon. Simon, n'est-ce pas ? Où est-il ?

Face à leur silence, le S. S ricana. À quoi bon se salir les mains à frapper ? Pourquoi perdre son temps et gaspiller de l'énergie ? C'était évident, l'enfant était à l'école. Il suffisait d'aller le chercher. Albert et Élisabeth furent embarqués sans ménagement. Ils ne reverraient plus jamais Saint-Martial et ils le savaient. Ils se serrèrent très fort l'un contre l'autre. Ils ne voulaient plus qu'une chose en regardant les Allemands se diriger vers l'école, ne plus jamais revoir non plus leur petit Simon. Ils voulaient un miracle. Ils priaient pour qu'il ne fût pas lui aussi emmené dans ce command-car et qu'il ne partît pas avec eux pour ce dernier voyage.

Nazis et miliciens arrivèrent en même temps devant la mairie-école. Conciliabule, collaboration, on se répartit vite les tâches, aux occupants l'école, à leurs vassaux la mairie, Giraud en tête. Il fallait faire vite, être efficace. On ne frappait pas avant d'entrer, on déboulait.

Jeanne les avait vus venir de loin. Toute la classe avait assisté à l'arrestation des parents de Simon.

— Simon, c'est tes parents qu'ils emmènent !

— Maîtresse, ils approchent ! Ils viennent chercher Simon !

En quelques secondes, Jeanne dut réagir et prendre une décision. Elle ne les laisserait pas lui prendre un de ses élèves.

— Viens, Simon, cache-toi sous mon bureau, mets-toi sous ma robe. Et vous autres, pas un mot, c'est compris ! Simon n'est pas là aujourd'hui, personne ne l'a vu.

— Oui, maîtresse ! Compris maîtresse !

Quand le S. S entra avec son escouade, Jeanne resta assise, Simon blotti contre ses jambes. Elle le sentait qui tremblait de tout son être et qui se serrait contre elle de toutes ses forces.

— Mademoiselle l'institutrice, nous venons chercher un de vos élèves, ses parents le réclament. Simon Cohen. Où est-il ?

— Je ne l'ai pas vu aujourd'hui. Il est absent. Vous pouvez vérifier l'appel.

La voix de Jeanne n'avait pas tremblé. Elle osait même regarder l'officier droit dans les yeux, sans ciller une seconde. Simon, serré contre ses jambes, lui donnait ce courage, cette force, comme si le sauver, c'était se sauver soi-même. Dans la classe, le silence était pesant, ferme, unanime.

L'Allemand se pencha sur les papiers de l'institutrice et vit le nom de Simon parmi ceux des absents du matin. Il refit lui-même l'appel, recompta les élèves. Il perdait patience, la situation l'agaçait. Cette jeune femme et ces petits Français le gênaient. Les minutes semblaient durer des heures. Le cœur de Jeanne battait à tout rompre. Simon serrait toujours plus fort les jambes de la maîtresse, le visage collé contre ses genoux. Son odeur, la douceur de sa peau le rassurait un peu. Finalement, le S. S, d'un geste brusque fit sortir ses hommes et prit congé aussi cavalièrement qu'il était entré.

Il fallait encore attendre que la place se vidât de tous ces véhicules et cette attente était insoutenable. Pour ne rien laisser paraître, Jeanne fit semblant de faire faire une dictée aux élèves. Elle voyait bien qu'ils n'écrivaient rien sur leurs cahiers. De toute façon, elle allait bien trop vite.

Lorsque tout danger fut écarté, Simon, en larmes, put enfin sortir de sa cachette. Jeanne le prit aussitôt dans ses bras. En quelques secondes, ce furent tous les élèves qui se serrèrent autour d'eux.

Elle avait réussi, avec tous ses élèves. Aucun n'avait faibli, aucun n'avait trahi. Les dizaines de cours clandestins de contre-propagande qu'elle leur avait donnés avaient payé. Dans sa classe, elle avait su garder en vie l'esprit de la République. Malgré le portrait hideux de Pétain pendu là au-dessus de sa tête, il y avait toujours Marianne bien vivante dans le cœur de ses élèves. Avec elle, ils s'étaient battus pour la liberté de l'un d'entre eux. Ensemble, ils venaient de sauver Simon Cohen. La gorge serrée, Jeanne regarda chacun de ces petits visages.

— Il ne faudra le dire à personne, les enfants.

— On le sait, maîtresse. Ce sera un secret. On ne parlera pas, même pas aux parents. C'est juré.

Terrassée par l'émotion, Jeanne s'écroula en sanglots sur son bureau. Alors, chaque enfant vint à tour de rôle la réconforter et cela lui fit du bien. Pour eux, elle était devenue Marianne. Pour elle, ils étaient l'espoir de la France, une France debout et libre.

Ce matin-là, en voyant débarquer Giraud en grande tenue de milicien, Marcel sut lui aussi qu'il avait rendez-vous avec son destin. Posément, il se leva de son fauteuil et alla à la cachette secrète qui se trouvait sous une des lames du plancher. Il en sortit tous les documents susceptibles de compromettre sa sécurité et surtout celle des autres. Il les jeta dans le poêle à bois. Puis, après avoir vérifié méthodiquement qu'il n'avait rien oublié, il se rassit derrière son bureau de maire et attendit que la porte s'ouvrît.

Cela ne tarda pas. Édouard lui apparut dans la lumière du soleil levant avec toute sa brutalité. C'était comme si la haine transpirait de lui. Ce n'était plus un homme. Il avança vers Marcel, lui et ses quatre hommes de main. Ils l'entourèrent, cherchèrent à lui en imposer. Il restait assis, comme le faisait Jeanne au même instant avec les Nazis. Il ne bougeait pas d'un pouce. Il se taisait en regardant Édouard dans les yeux.

— Alors, Marcel, tu ne t'attendais pas à me revoir si vite, avoue-le !

— C'est vrai qu'en quatre ans, tu ne m'as pas manqué. Je ne m'attendais même pas à te revoir du tout.

— Ah, c'est ça ! Tu pensais t'être définitivement débarrassé de moi. Mais, tu vois, tu t'es trompé. Les choses ont plutôt bien tourné pour moi.

— Oui ! Maintenant tu es devenu quelqu'un d'important, n'est-ce pas, en finissant de renier l'homme que tu étais avant.

— Voilà ! Tu ne peux pas t'en empêcher, hein ! La leçon de morale du Grand Marcel commence ! Mais, tu n'es pas en position de force aujourd'hui. Crois-moi, tu vas vite arrêter de faire le mariole.

— Pourquoi ? Parce que tu portes ce si bel uniforme ?

— Allons ! Cela a assez duré. Je n'ai pas de temps à perdre avec toi. Je vais te poser une question une seule fois. Je te conseille de répondre. Où se cache ce salopard de Lourseau ? Tu sais, à Vichy, on n'est pas comme toi, on n'aime pas trop les nomades et les marginaux, surtout quand ce sont des terroristes en puissance. Tu vois, aujourd'hui la loi est pour moi.

— Cela doit te changer ! Je vais répondre à ta question. Je n'en sais rien. Je ne l'ai jamais su.

— Oh ! Voyez-vous ça, le Grand Marcel qui ment ! Comme cela ne te ressemble pas. Mais où est donc passée ta morale ? Allez, les gars, je vous avais dit que celui-là était un client spécial. Attachez-le sur son fauteuil.

Les miliciens s'agitèrent comme une horde de crabes sur la grève et exécutèrent l'ordre de leur chef. Giraud avait lentement ôté sa veste et s'était remonté les manches de la chemise. Il se frottait les mains.

— Maintenant, Marcel, toi qui sais toujours tout, tu vas parler, crois-moi ! Où se cache Lourseau ?

Marcel ferma les yeux quelques instants. Il vit par la pensée le visage de tous ces gens qu'il aimait et qui lui faisaient confiance, ceux de Jeanne et de Nicolas, celui de Lourseau. Quand il les rouvrit, il savait que pour eux, il ne parlerait pas. Les coups commencèrent à pleuvoir. Il ne les sentait pas. Il se taisait. Il n'avait pas le sentiment d'être un héros, seulement un homme en accord avec soi-même. Les coups redoublaient. Le corps souffrait, mais l'esprit ne pliait pas. Marcel imposait toujours à son tortionnaire le même silence.

— Chef, les Boches ont fini à côté. Ils s'en vont. Qu'est-ce qu'on fait ? On embarque celui-là avec nous ?

Édouard était hors de lui. Il avait frappé de toutes ses forces comme si le corps de Marcel n'avait été qu'une vulgaire carcasse de bœuf et il n'avait rien tiré de lui. C'était la première fois depuis qu'il avait commencé ce travail qui allait si bien à sa violence et à sa folie qu'un homme lui résistait. Tous les autres avaient fini par se mettre à table, certains juste avant de rendre leur dernier soupir. Encore une fois, il n'avait pas réussi à venir à bout de Marcel Chasse. Il savait confusément qu'il ne pouvait pas le tuer. L'emmener avec lui aurait été l'aveu de son échec. Lâchement, comme toujours, il allait abandonner la partie.

— Non. On va le laisser ici, ce salopard de communiste.

Lentement, il se pencha vers ce qui restait du visage de Marcel et lui glissa à l'oreille :

— Tu as de la chance, Marcel, je suis un peu pressé aujourd'hui et je n'ai pas assez d'éléments pour t'emmener avec moi et finir notre petite conversation à la caserne. Mais, je te promets que je reviendrai bientôt. Allez, tiens, un petit avant goût de ce qui t'attend la prochaine fois.

Édouard avait tiré son étui à cigare et en avait allumé un. Après quelques bouffées, il l'écrasa sur le front de sa victime, lui asséna encore quelques coups de poing, puis donna à ses hommes le signal du départ. La traction avant démarra dans un nuage de poussière derrière le command-car des Allemands. Elle laissa le village dans un silence de mort. Saint-Martial venait de faire connaissance avec la terreur.

La terreur, c'était maintenant ce qu'éprouvait Jeanne. Elle avait réussi à arracher Simon des griffes des Nazis, mais qu'allait-elle faire de lui ? Prise de court, elle fit ce qu'elle n'avait jamais fait de toute sa carrière. Elle abandonna sa classe, les grands s'occuperaient des plus petits et elle conduisit précipitamment Simon dans son appartement. En redescendant l'escalier, le vertige la prit. Elle se sentait totalement désemparée. Elle ne pouvait pas porter toute seule le poids de cette responsabilité. Elle avait besoin d'aide. Elle sut tout de suite vers qui se tourner. Arrivée dans le hall, elle alla au bureau du maire. La porte était entrouverte. Quand elle entra, elle eut l'impression qu'un ouragan avait dévasté la pièce. Tout était sens dessus dessous. Au milieu du désordre, Marcel était toujours attaché à son fauteuil, derrière son bureau dévasté. Jeanne approcha. Quand elle vit le visage de son ami, elle ne put réprimer un hurlement d'horreur. Ce n'était plus qu'un magma sanguinolent d'où s'échappaient quelques râles de douleur. Délicatement, Jeanne détacha Marcel et l'allongea sur le sol. Elle alla chercher de l'eau dans la cour et revint lui laver le visage. Marcel avait perdu conscience. Le sang avait cessé de s'échapper de ses blessures mais il en avait tant perdu qu'il était d'une pâleur inquiétante.

Jeanne parait au plus pressé. Elle ne voulait pas le laisser seul trop longtemps, alors elle demanda à l'un de ses grands élèves d'aller chercher Louise, la femme de Marcel et la sœur de son tortionnaire. Elle prit le téléphone renversé sur le bureau du maire. Par chance, il marchait encore et elle appela le docteur Fernand pour qu'il vînt au plus vite. Elle restait à genoux devant le corps meurtri de son ami. Elle lui tenait la main. Elle pleurait. Peu à peu, il sentit sa présence. Il ne pouvait plus ouvrir les yeux, mais il comprit que c'était elle.

— Jeanne ? C'est bien vous ?

Sa voix était une voix d'outre-tombe, elle était presque inaudible. Pour entendre ce que Marcel avait à dire, Jeanne dut se pencher presque à toucher la bouche édentée du maire.

— Oui, Marcel, c'est moi. Ne vous en faites pas, les secours seront bientôt là et Louise va arriver. Mais quel est le monstre qui vous a fait ça ?

— C'est Giraud. Il fait partie de la Milice, maintenant.

— Mais que vous voulait-il ? Pourquoi est-ce qu'il vous a torturé ainsi ?

— Lourseau… Il voulait savoir où il se cache. Il faut le prévenir, Jeanne, il est en danger… Les armes, les armes… Giraud va revenir… Je n'ai pas parlé, Jeanne, je n'ai rien dit…

Et c'est ainsi que Jeanne apprit que si Bernard vivait retiré du monde, il n'en était pas pour autant indifférent. Du fond de sa solitude, il avait fait le même choix qu'elle, celui de la résistance. Il avait ouvert les portes de son royaume à Marcel et à ses hommes lorsqu'une nuit sans lune ils étaient montés jusqu'à lui pour lui demander de l'aide. Bernard cachait au fond de ses grottes les armes des partisans. Sans le savoir, Giraud avait vu juste. Capturer Lourseau ne servirait pas qu'à satisfaire sa vengeance personnelle. Cela affaiblirait et mettrait en péril le réseau de résistance que Marcel avait organisé depuis plusieurs mois et dont il était le chef.

— Pourquoi ne m'avez-vous rien dit ?

— Le risque était trop grand… Bernard ne voulait pas que vous soyez au courant… Il… on ne voulait pas que vous soyez en danger. Mais, maintenant, les choses sont différentes. Avec Giraud à ses basques, il court un grand péril… Il faut le prévenir. Dans l'état où il m'a laissé, je ne pourrai plus faire grand-chose pendant un bon moment… Jeanne, vous êtes la seule à pouvoir y aller. Cela me fait très peur de vous exposer ainsi, mais… on a pas le choix.

— On a aussi un autre problème, Marcel, c'est le petit Simon.

— Je ne comprends pas, les Allemands sont venus dans votre classe… Ils ne l'ont pas embarqué avec ses parents ?

— Non. J'ai réussi à le cacher. Il est en haut, chez moi. Mais je ne vais pas pouvoir le garder ici longtemps. On risque de se faire prendre. C'est pour ça que j'étais venue vous voir, je ne sais pas quoi faire. Marcel ? Marcel, ça ne va pas ?

— Si, si… Je vais tenir le coup… Mais, il ne faudrait pas que le docteur Fernand tarde trop… Pour Simon, il n'y a qu'une seule solution, même si avec Giraud elle est risquée… Il faut que vous l'emmeniez avec vous quand vous irez prévenir Bernard. Il n'y a que lui qui pourra le cacher.

— Vous avez raison. C'est sa meilleure chance de s'en sortir. Mais quand est-ce que je vais pouvoir monter là-haut sans me faire remarquer ?

— Cette nuit… J'avais prévu de rencontrer Bernard pour lui confier une nouvelle cargaison d'armes. On avait rendez-vous au pied du plateau du Solitaire à minuit…

C'est vous qui serez là à ma place... Il n'y perd pas au change ! Mais, vous vous sentez le cran de faire ça, Jeanne ? Vous savez, c'est un jeu très risqué auquel je me livre depuis six mois... Je... je vous assure que je dors assez mal ces derniers temps... Vous êtes sûre de vouloir vous engager dans toute cette affaire ?

— Oui, Marcel, j'en suis sûre. Je suis prête, morte de trouille, mais prête. Et puis, vous l'avez dit, on n'a pas le choix. Allez, maintenant, il faut vous reposer. J'entends votre femme qui arrive, je vais vous laisser entre de bonnes mains.

— Mouais... j'entends moi-aussi sa douce et mélodieuse voix... Oh ! Je sens que je ne vais pas tarder à avoir encore un peu plus mal au crâne ! Allez, Jeanne... Sauvez-vous, il faut que vous vous reposiez vous-aussi. Cette nuit, vous allez avoir besoin de toutes vos forces. Vous passerez me voir chez moi juste avant le couvre-feu pour les derniers détails de l'opération.

Jeanne quitta Marcel lorsque sa femme hurlante et gesticulante et le docteur Fernand le transportèrent en civière jusqu'à chez lui. Le maire de Saint-Martial n'occuperait plus son bureau avant longtemps. La porte amie resterait fermée pendant sans doute plusieurs semaines, le temps que ses plaies physiques cicatrisent. Quant aux plaies à l'âme, ce serait sans doute plus long. Marcel n'était pas prêt d'oublier ce qu'Édouard lui avait fait subir. Il le lui ferait payer. Cette fois-ci, il ne laisserait pas la justice des hommes s'occuper de lui à sa place. Giraud lui avait dit qu'il reviendrait. Ce jour-là, Marcel l'attendrait de pied ferme.

XVIII

Bernard avait relevé son col. Il ne faisait vraiment pas chaud en cette nuit sans lune. Il avait appris depuis longtemps à trouver son chemin dans l'obscurité. Il ne se munissait même plus de sa lanterne sourde. Pour ce qu'il avait à faire, elle était trop encombrante. Il avait besoin d'avoir les mains libres. Sans bruit, il descendait vers le point de rendez-vous. C'était déjà la quatrième fois depuis que Chasse était venu le voir avec ses hommes. Il avait accepté d'aider le maire de Saint-Martial sans l'ombre d'une hésitation, malgré les risques pour lui et pour Nicolas. Il estimait qu'il le lui devait bien et puis, c'était son devoir. La remontée vers les grottes serait longue et difficile avec le chargement sur son dos. Il ne voulait pas d'aide jusqu'en haut. Moins de personnes sauraient et plus leur sécurité à tous serait garantie. Arrivé au lieu-dit, il se tapit dans l'ombre et attendit en silence, tous ses sens en alerte. Il avait pour habitude de toujours arriver en avance pour mieux contrôler la situation et parer à toute éventualité. Le signal convenu était deux sifflements, un long suivi d'un court. Il se cala contre un arbre et écouta le silence de la nuit. Il les entendit arriver de loin. Marcel et ses hommes avaient beau tous être des chasseurs et des braconniers, ils n'étaient pas habitués comme lui à marcher en silence. Leurs pas étaient plus lourds que le sien. Les deux sifflements retentirent dans le noir. Lourseau sortit de sa cachette et approcha prudemment du lieu du rendez-vous. Il murmura :

— Marcel ? C'est bien vous ?

— Non, c'est Clovis, le maréchal-ferrant.

— Ce n'est pas ce qui était convenu.

— C'est vrai, mais Marcel n'a pas pu venir.

Bernard était inquiet tout à coup. Ce genre d'imprévus ne lui plaisait pas du tout. Il plissait les yeux pour essayer de distinguer à qui il avait à faire. Il devinait une autre personne derrière l'imposante carrure de Clovis, une silhouette qui ne lui était pas inconnue. Comme il hésitait encore à approcher, une voix le fit tressaillir :

— Bernard ? C'est moi, c'est Jeanne. Où es-tu ?

Lourseau, jetant aux orties toute prudence sortit de sa cachette et s'avança vivement vers ses visiteurs nocturnes.

— Jeanne ? Mais qu'est-ce que tu fais là ! C'est beaucoup trop dangereux pour toi ! J'avais pourtant dit que je ne voulais pas que tu sois mêlée à tout ça !

— Parce que pour toi, c'est sans risque peut-être ?

— Pour moi, c'est pas pareil !

— Ben voyons ! Et pourquoi ? Parce que tu es un homme. C'est ça qui te donne le droit de jouer au héros !

— Mais non, c'est pas ça du tout… Je ne veux pas qu'il t'arrive quelque chose, c'est tout.

— Alors que moi, ça ne doit pas me déranger que tu prennes des risques. Il peut t'arriver n'importe quoi et cela ne doit rien me faire, ça m'est égal. C'est vraiment ce que tu crois ?

Au cours de l'échange, Jeanne et Bernard s'étaient progressivement rapprochés l'un de l'autre, comme deux aimants qui s'attirent. Au fond, ils étaient heureux tous les deux : leur première dispute, une vraie scène de ménage, là, au milieu des collines, en pleine nuit, par un froid glacial. Après s'être envoyés au visage tout ce qu'ils pouvaient avoir sur le cœur de frustration accumulée de ne s'être pas vus ni parlés depuis quatre longues années, ils se serrèrent dans les bras et s'embrassèrent fébrilement pendant de longues minutes jusqu'à ce qu'un raclement de gorge de Clovis les ramène à la réalité.

— Dites, les deux, j'voudrais pas trop vous déranger, mais on n'a pas toute la nuit et puis avec le raffut que vous venez de nous faire, faudrait voir à bouger avant que toute la garrigue ne soit remplie d'Allemands très heureux de voir que vous vous êtes enfin retrouvés !

Jeanne et Bernard étaient tout confus, comme deux enfants pris en faute. Un enfant, il y en avait un justement que Clovis tenait par la main et qui grelottait de peur et de froid. Jeanne l'avait complètement oublié l'espace de l'instant de ses retrouvailles avec Bernard. Quant à lui, il ne l'avait même pas remarqué.

— Mais, qu'est-ce qu'il fait là ce minot ?

— C'est Simon Cohen, Bernard, les Allemands ont emmené ses parents, tu sais, les coiffeurs du village. Moi, j'ai réussi à le cacher, mais maintenant, c'est devenu trop risqué pour lui à Saint-Martial, alors, avec Marcel, on a pensé que tu pourrais faire avec lui comme avec Nicolas. D'ailleurs, comment va-t-il ?

— Ça va. C'est presque un homme maintenant. Il m'aide beaucoup là-haut. Sans lui, je ne suis pas sûr que je m'en sortirais. Bon, pour le petit, c'est d'accord bien sûr. D'ailleurs, maintenant que tu es là, autant que tu saches tout, ce n'est pas la première personne que je cache. Disons que depuis que Marcel et ses gars m'ont demandé de l'aide, ma solitude n'en est plus vraiment une, ça commence même à ressembler à un vrai gîte de montagne là-haut ! En ce moment, j'ai deux pilotes américains bien amochés et un grand dadais qui n'a pas voulu partir au STO.

Durant tout l'échange, le maréchal-ferrant s'impatientait :

— Bon, faut vraiment se dépêcher maintenant. On va finir par se faire choper !

Bernard, agacé, finit par lâcher :

— Je vois que vous êtes aussi trouillard que du temps où vous me tendiez des pièges avec votre acolyte Giraud !

Clovis ne sut plus où se mettre. Après un long silence, il murmura :

— Vous saviez que c'était moi ! Vous m'aviez reconnu ! Et vous n'avez rien dit depuis tout ce temps. Vous m'avez même fait confiance après ce que j'ai essayé de vous faire ?

Bernard s'approcha du maréchal-ferrant et le prit par l'épaule. Il plongea ses yeux dans les siens et lui dit :

— Un homme, ça peut changer, s'il le veut vraiment et vous avez changé. Vous avez choisi le bon camp. Alors je vous ai pardonné.

Clovis, les larmes aux yeux ne put que bafouiller :

— Merci... si j'avais su qui vous étiez à l'époque, jamais je n'aurais...

— Allons, laissons cela, nous avons du travail. Vous avez les armes ? Bon, donnez-les moi, je vais les porter jusqu'en haut.

— Bernard, ce n'est pas tout. Il faut aussi que je te mette en garde.

Jeanne avait saisi la manche de Lourseau alors qu'il était en train de partir les armes sur le dos et Simon la main dans la sienne.

— Giraud est revenu. C'est à cause de lui que Marcel n'est pas là. Il l'a torturé. Il voulait savoir où tu te cachais. Il veut ta peau.

— Ça, c'est pas nouveau !

— Oui, mais maintenant, il a un grade important à la Milice. Il commande des hommes et a l'oreille des Allemands. Il a dit qu'il reviendrait. Il faut que tu redoubles de prudence. Je t'en supplie.

— D'accord. Ne t'inquiète pas. Je ferai ce qu'il faut. Mais, jure-moi toi aussi de faire très attention.

— C'est juré.

Bernard et Jeanne s'embrassèrent encore sous les regards de plus en plus pressants de Clovis. Bernard finit à regret par mettre un terme à ces trop furtives retrouvailles.

— Bon ! Allez, il faut que tu t'en ailles maintenant. Sans quoi, notre bon maréchal-ferrant va nous faire une attaque d'apoplexie.

Et les deux amoureux éclatèrent de rire.

— Ouais, c'est ça, foutez-vous de moi ! Mais vous allez arrêter de faire tout ce ramdam, j'vous dis qu'on va finir par se faire choper !

XIX

Comme après une tempête, la vie reprenait doucement à Saint-Martial. Chacun voulait oublier, mais comment le pouvait-on ? Il suffisait de tourner son regard vers le salon de coiffure des Cohen pour que le souvenir de cette matinée tragique revînt dans toutes les mémoires. Certains comme Jeanne ou Marcel se disaient qu'ils avaient fait ce qu'ils avaient pu. D'autres avaient bien du mal à se regarder dans une glace le matin. C'était ce voisin qui du jour au lendemain ne leur avait plus dit bonjour ou cet habitué de quinze ans qui avait jugé plus opportun d'aller se faire couper les cheveux aux Merlusses. Pourquoi ? Par peur, pour suivre le mouvement, par lâcheté, c'était souvent ainsi que la haine commençait, puis l'exclusion. Aujourd'hui, il n'y avait plus de Juifs à haïr à Saint-Martial. L'Occupant les avait emmenés. Il ne restait plus que les habitants et leur mauvaise conscience.

Marcel se remettait peu à peu de ses blessures. S'ils étaient peu nombreux à savoir pourquoi il avait été torturé ainsi, tous savaient qui était son bourreau et tout le village était bien décidé à faire corps derrière son maire. On prenait de ses nouvelles, on allait le visiter. C'était comme si on essayait ainsi de se racheter d'avoir abandonné Albert et Élisabeth à leur sort. Peu importait au fond ce que Giraud avait cherché à faire avouer au Grand Marcel. Pour chaque habitant de Saint-Martial, on n'avait pas le droit de traiter l'un des leurs ainsi. De ci, de là se murmurait que Giraud avait dit qu'il reviendrait. Ce jour-là, ce serait tout le village qui se dresserait contre lui, même Louise. Elle ne pardonnait pas à son frère d'avoir mis son mari dans l'état où elle l'avait trouvé. Même la femme d'Édouard, depuis son incarcération et la disparition de Nicolas, n'était plus sous son emprise. Elle n'était plus faible. Elle se maudissait chaque jour un peu plus de ne pas avoir su lui résister.

Tout le monde attendait la suite des événements, comme pour une veillée d'armes, inquiets, mais résolus. Les jours passaient et rien ne venait. À chaque bruit de moteur, chacun sursautait et s'attendait à voir la traction-avant noire tourner au coin de la rue. Les fausses alertes se succédaient. Peu à peu, l'inquiétude, la tension s'atténuaient. On allait peut-être pouvoir reprendre une vie normale, comme avant. Mais, la devanture muette du salon de coiffure était toujours là pour dire à tous que rien ne serait jamais plus comme avant.

En classe, Jeanne et les enfants avaient tous les matins une pensée pour Simon lorsqu'ils voyaient sa place vide. Tous avaient envie de poser les mêmes questions à l'institutrice : où est-il ? comment va-t-il ? Mais ils se l'interdisaient. Le secret qu'ils avaient ensemble promis de garder leur imposait ce silence. L'ambiance était parfois pesante. Depuis que Jeanne et ses élèves étaient devenus des complices, ces derniers sentaient quand leur jeune maîtresse d'école était préoccupée. Elle n'arrivait plus comme par le passé à le leur cacher. Alors, ils s'inquiétaient pour elle. Ils devinaient tout ce qu'elle avait désormais à porter sur ses jeunes épaules. Pour eux, elle était devenue une sorte d'héroïne de cinéma ou de roman et s'ils croyaient jusque-là que la vie des héros était toujours facile et fantastique comme dans les westerns, ils découvraient qu'elle pouvait aussi être douleur, souffrance et angoisse. Jeanne était en colère d'assister impuissante à cette découverte. La guerre était en train de voler leur enfance à ses élèves et elle n'y pouvait rien. Mais quand tout cela allait-il finir ?

Durant la convalescence de Marcel, c'est elle qui avait pris sa place à la tête du réseau. Elle avait réussi à vaincre les résistances du maire. Elle s'était très vite imposée aux hommes comme la seule capable de les mener en l'absence de Chasse. Ils étaient courageux, c'étaient des fiers à bras, mais ils n'avaient aucune méthode, aucun esprit d'organisation. Ils n'étaient pas capables seuls de s'imposer la moindre discipline et cela les mettait en danger. Ils en avaient conscience. Certains comme Clovis avaient de plus en plus peur. Beaucoup voulaient abandonner. Du fond de son lit où le docteur Fernand et Louise l'avaient consigné, Marcel enrageait. Il était inutile. Il ne pouvait rien faire. Il donnait des instructions aux uns, aux autres, mais elles n'étaient jamais correctement exécutées, soit parce qu'elles n'avaient pas été comprises, soit parce qu'il n'était tout simplement pas là sur le terrain pour veiller à tout encadrer, pour guider, pour rassurer les gars. Face aux bourdes qui se multipliaient, toujours plus dangereuses, face aux défections qui menaçaient, il dut se résoudre à accepter l'évidence. Jeanne était d'ailleurs tous les jours à son chevet pour le lui rappeler. Inlassablement, elle revenait à la charge et Marcel finit par céder. Elle était la mieux à même de diriger les partisans de Saint-Martial. Elle avait le cran, le sang-froid, l'autorité nécessaire. Au début, le machisme des gars se hérissa à l'idée d'être commandés par une femme, la maîtresse d'école de leurs enfants ou pis, de leurs petits enfants, mais dans l'action, ils durent eux aussi se rendre à l'évidence. Elle tenait la route, l'institutrice, elle ne flanchait pas. Elle savait prendre les bonnes décisions, leur éviter in extremis la catastrophe. Au maquis comme en classe, Jeanne était un chef. Son sexe finit même par devenir à leurs yeux sa meilleure qualité. On lui obéissait parce qu'on voulait lui plaire. Il n'était pas question de se manquer devant elle. Au bout de quelques semaines, les durs à cuire de Saint-Martial marchaient tous à la baguette derrière l'institutrice de leur village comme s'ils avaient encore des culottes courtes.

Parfois, Jeanne se sentait coupable vis-à-vis de tous ces hommes qui lui faisaient confiance. Se doutaient-ils que derrière sa froide et rationnelle détermination, elle était en fait mue par une passion de plus en plus dévorante ? Au fond, si elle avait voulu s'engager autant dans cette œuvre collective, n'était-ce pas surtout pour satisfaire ses désirs personnels ? Prendre le maquis plusieurs nuits par mois, c'était servir un idéal de justice et de liberté, mais aussi et surtout pouvoir voir Bernard, lui parler, le toucher, l'embrasser en des étreintes furtives peut-être, mais fébriles. Les hommes qui l'accompagnaient, ceux qui étaient devenus ses hommes, faisaient plus que de se douter des sentiments intenses qui l'animaient. Ils en étaient les discrets témoins. Ils savaient, ils comprenaient, ils respectaient cet amour douloureux et toujours contrarié. Ils en étaient devenus les fidèles gardiens. Ils l'admiraient tout en étant tous un peu jaloux de Bernard. Il en avait de la chance, l'homme des collines, le vieux loup solitaire. Nuit après nuit, mission après mission, leur perception de Lourseau changeait. Pour eux, il n'était plus le « fada », mais un homme, celui de Jeanne. Pour elle, chacun d'eux se serait fait tuer s'il l'avait fallu. Pour eux, Jeanne et Bernard étaient devenus un couple de légende. Ils incarnaient le mystère de l'amour, la force, le courage et la douceur réunis dans la douleur de l'attente des jours meilleurs, ceux de leur liberté retrouvée. Après le temps du mépris, celui de l'intolérance à l'égard de Lourseau était venu chez eux celui du respect. Il était un exemple car il aimait comme un homme et il aidait d'autres hommes. Il était devenu des leurs en acceptant de prendre plus de risques que chacun d'eux. À leurs yeux, ce n'était plus un animal nuisible ou un malade mental, c'était le gardien du cœur de leur maîtresse d'école et des armes de leur résistance à l'oppression. Après avoir été le paria, il était devenu celui qui donne asile aux opprimés. De Diable, il était devenu Dieu, ou presque.

Giraud était assis à son bureau. Depuis qu'il en avait un, il en était très fier, même si pour pouvoir le posséder, il avait perdu toute sa vie passée. Chasse avait raison, il avait changé, mais il ne le regrettait pas car maintenant lui aussi il avait ce après quoi il avait vainement couru pendant des années, le pouvoir. Bien sûr, ce bureau n'était pas vraiment celui auquel il avait tant rêvé. Mais après tout, ce n'était pas plus mal. Être maire de la République, à Saint-Martial ou ailleurs, impliquait le devoir de respecter les lois de la République. Lui avait, il y a bien longtemps déjà, fait le choix de s'en affranchir pour satisfaire ses plus bas instincts. Ses responsabilités actuelles lui allaient très bien. Il était un élément important de la machinerie d'exception et d'arbitraire conçue par Vichy pour broyer les hommes qui avaient l'impudence de n'être pas bien nés ou de vouloir la liberté alors qu'on leur offrait la sécurité et l'ordre. Et tous les coups étaient permis contre eux, ou presque. Édouard l'avait appris à ses dépens et à sa grande stupéfaction. Il ne comprenait pas comment ce diable de « Rouge » de Chasse s'était débrouillé pour avoir à Vichy autant de soutiens influents. Son passage à tabac avait été connu et avait ému. Depuis, les lettres de protestation de hauts dignitaires régionaux du régime avaient transité jusqu'à la tête de ce pouvoir impotent mais imbu de lui et des ordres aigres-doux étaient redescendus des chefs aux chefs en second, puis aux trois quarts de chefs et enfin au quart de chef qu'était le supérieur direct de Giraud. Il avait alors été convoqué dans un bureau aussi miteux que le sien, bien qu'un peu plus grand tout de même pour recevoir ce qu'il était convenu d'appeler un savon. Il avait été sommé de s'expliquer, de rendre des comptes, de faire un rapport écrit et, pour éviter la terrible commission disciplinaire et le déshonneur d'une dégradation dans le corps de la Milice, cette armée parallèle faite d'hommes sans grade ni honneur, Giraud avait même dû se fendre d'une lettre d'excuses à l'adresse du premier magistrat de Saint-Martial. Il s'était exécuté, la rage au cœur, on ne discute pas un ordre. Pour sûr que son courrier ferait plaisir à cette ordure de Marcel. Au fond, cette lettre si difficile à faire n'était pas inutile. Elle endormirait la méfiance de Chasse. Lui qui semblait si bien introduit dans les hautes sphères vichystes se sentirait en sécurité après l'avoir lue. Alors, Giraud pourrait plus aisément frapper en contournant l'obstacle infranchissable que le Grand Marcel demeurait pour lui. S'il était intouchable, ce ne pouvait être le cas de Lourseau. Lui n'avait pas d'appuis en hauts lieux et son dossier était effectivement suspect aux yeux des supérieurs d'Édouard. Son quart de chef, un ancien de la Légion qui avait dû autrefois avoir un profil athlétique mais était désormais confit dans sa propre graisse, en avait convenu de sa voix pateline. Il fallait creuser cette histoire d'ancien prof de fac, prof d'histoire de surcroît qui vivait en marge des autres au fin fond des collines. Il pouvait effectivement servir de relais aux maquisards du coin. Giraud pouvait donc continuer son enquête. Mais, il n'avait plus les coudées franches. Il n'était plus question de faire des vagues à Saint-Martial. Il fallait agir dans la discrétion. Pas question d'investir le village avec une escouade de gros bras et de tout casser comme la dernière fois. Non, le quart de chef avait été clair, si Giraud voulait se charger de ce Lourseau, il devrait agir seul, en homme. Il avait pour se faire toute la haine nécessaire, pour le courage, il faudrait voir. Mais, un ordre était un ordre. Édouard était pris à son propre piège. Il avait monté l'affaire Lourseau de toutes pièces afin de satisfaire sa vengeance personnelle et on lui demandait maintenant de la résoudre personnellement afin de redorer son blason ainsi que celui de son quart de chef. Il n'avait plus le choix. Il allait devoir trouver Lourseau et l'affronter seul à seul. Ce serait plus long et plus difficile. Assis à son bureau, Édouard eut un sourire carnassier. Ce serait aussi plus excitant.

Bernard et Nicolas allaient de l'un à l'autre, tantôt avec de l'eau ou de la nourriture, le plus souvent un maigre brouet, les réserves des deux exilés des collines étant bien insuffisantes pour nourrir autant d'âmes perdues. Mais, ce n'était pas grave. Les regards brillants des réfugiés montraient que pour eux, c'était déjà beaucoup. Ils avaient trouvé ici un havre de paix, une pause salvatrice dans le tumulte de cette guerre barbare qui les avait emportés dans sa danse macabre. Avec le petit jeune du village, la communication était facile une fois la timidité et la méfiance tombées. Par contre, avec les Américains, la chose était plus mal aisée. C'était pourtant eux qui avaient le plus besoin de parler. Ils étaient blessés, perdus dans un pays inconnu, si loin de chez eux et des leurs. Pour se faire comprendre, Bernard faisait appel à ses vieux souvenirs de lycée, mais la langue de Shakespeare n'avait jamais été trop son fort et l'accent des deux pilotes les rendait difficiles à suivre. On en revenait donc souvent au bon vieux langage des signes, le même qui autrefois avait dû permettre aux clans des hommes préhistoriques de se comprendre pour forger ensemble une humanité. Et puis, il restait le langage du cœur. Les deux Américains avaient bien vite saisi que cet homme bourru et ce jeune garçon se démenaient pour leur assurer le gîte, la nourriture et la sécurité malgré les risques et leurs faibles ressources. Même s'ils n'arrivaient pas à le leur dire, ils leur en seraient éternellement reconnaissants. Ils ne parvenaient qu'à répéter à tout bout de champ des « thank you » nasillards et à se lancer dans de longues et incompréhensibles tirades ponctuées de gestes désordonnés qui leur tiraient des grimaces de douleur tant leurs blessures les faisaient encore souffrir.

Les résistants avaient fait parvenir à Lourseau une trousse de premiers secours et quelques médicaments. Un message codé du docteur Fernand lui avait donné les instructions à suivre pour réduire la mauvaise fracture à la jambe d'un des deux pilotes. Il avait fait de son mieux, secondé par Nicolas qui s'était avéré être un très bon infirmier. Leur fierté à tous les deux était de voir l'état des deux hommes s'améliorer de jour en jour. Bientôt, ils auraient récupéré, pourraient marcher. Alors, ils partiraient avec quelque passeur pour rejoindre la frontière espagnole et regagner leurs vies. Du moins, ils essaieraient.

La nuit, il fallait se serrer pour dormir dans la petite cabane. Bernard, Nicolas et Pierrot, le jeune réfractaire au STO prenaient le quart près de la vieille souche où Bernard avait autrefois l'habitude de fumer sa pipe en regardant le soleil se coucher sur la mer. Depuis ce promontoire, sorte de tour de guet naturelle, on pouvait observer tout le paysage alentour. Si quelqu'un approchait, on le verrait, on l'entendrait de loin, même de nuit. Alors, il faudrait courir prévenir les autres, abandonner la cabane et monter aux grottes. Même s'il rassurait Nicolas et Pierrot, Lourseau appréhendait ce moment. Il savait qu'il viendrait tôt ou tard et que leur situation risquerait vite de devenir désespérée. Si les Allemands ou la Milice de Giraud avaient avec eux quelques chiens bien entraînés, ils ne seraient pas longs à retrouver leur piste. Il faudrait alors se battre, tenir un véritable siège. Leur seule chance serait le soutien des partisans de Jeanne et de Marcel, pourvu que les forces adverses ne soient pas trop nombreuses. En ce qui concernait les armes et les munitions, ils n'avaient pas à s'inquiéter. Bernard avait monté sur son dos de quoi tenir tête à une petite armée. Tout était là, bien rangé, prêt à servir lorsque le moment de la libération serait venu. Non, en cas de coup dur, ce ne serait pas les armes qui viendraient à manquer, mais bien les mains pour les tenir. Que pourrait-il faire avec un garçon à peine sorti de l'enfance et un jeune homme maladroit face aux brutes de Giraud ou à des soldats allemands bien entraînés ? Il se le demandait souvent avec angoisse. Ce qui lui faisait le plus peur, même s'il savait que c'était là leur seule chance, c'était la certitude qu'aux premiers coups de feu échangés, Jeanne regrouperait ses hommes et se porterait à son secours. Même si c'était leur seul espoir, il craignait pour elle. Il ne voulait pas qu'elle fût exposée au feu de l'ennemi. Elle ne savait pas ce que c'était, lui, si. Il ne voulait pas que la femme de sa vie connût la même terreur que la sienne lorsque pendant quatre ans il avait entendu le fracas des explosions et le sifflement des balles tout autour de lui alors qu'il fallait sans cesse avancer avec la crainte que tout d'un coup tout s'arrêtât au fond d'un trou ou au sommet d'une butte. Parfois, il regrettait le temps où il aurait aimé se faire tuer sur place en vendant seul chèrement sa peau. Mais, il n'était plus seul. Il y avait ces quatre hommes, ou presque, et, il y avait Simon, ce petit garçon si beau et si triste. Lorsque Bernard le voyait, il avait l'impression d'un reflet de lui-même venu d'un passé qui n'était pas si lointain. Il reconnaissait ce regard, ce silence, cette peine immense, celle que l'on éprouve lorsqu'on vous a pris l'essentiel, lorsqu'on a l'impression d'avoir tout perdu. Elle avait été la sienne, c'était la même. Aujourd'hui, grâce à Jeanne, elle était partie se faire voir ailleurs. C'était un peu comme si elle était maintenant entrée en Simon. Et il fallait qu'il vive pour qu'un jour elle le quitte lui aussi et qu'il emprunte à son tour le chemin de l'espoir. Non, vraiment, Lourseau n'était plus seul. Si quelques années auparavant, il eut offert sans regret son corps aux balles de ces brutes sanguinaires dans une lutte à mort et sans chercher d'échappatoire, désormais, tout était différent. Bernard avait à nouveau peur de la mort, de celle des personnes qu'il protégeait et qu'il aimait et même de la sienne car il avait envie de vivre, pour Jeanne.

Quand on n'est plus seul et qu'on ne veut plus mourir, il faut réfléchir, échafauder des plans, prendre des précautions. Cela faisait mal à la tête de Bernard. Il s'y épuisait, revoyait sans cesse le film de leur fuite aux grottes. Il cherchait le meilleur itinéraire, le moyen le plus rapide d'évacuer les deux Américains encore trop faibles pour tenir longtemps sur leurs jambes, la façon la plus efficace pour brouiller leur piste et retarder leurs poursuivants. Avec des grenades et du fil de pêche, il avait un temps prévu de tendre des pièges mortels à leurs ennemis sur les principales voies d'accès de leur ultime refuge et puis, il avait renoncé. Et si au lieu de Giraud ou des Allemands, c'était Jeanne et ses hommes qui sautaient en venant les sauver ! Il ne pourrait jamais y survivre. Il avait vu ce scénario catastrophe se dérouler une nuit, dans un cauchemar qui le réveilla en sursaut et le laissa sans sommeil jusqu'au petit matin. Alors qu'il avait tout prévu, tout préparé, il ne pouvait s'empêcher de tout recommencer et de tout vérifier et revérifier sans cesse. Il organisait même d'épuisants exercices d'évacuation vers les grottes qu'il minutait à l'aide de la montre chronomètre d'un des deux pilotes. Il n'était jamais satisfait du temps qu'ils mettaient à décamper. Il savait que s'il fallait fuir en peine nuit, ce serait encore plus difficile et plus long. Parfois, lorsqu'il était découragé ou quand la pression se faisait trop forte, il partait seul battre les taillis, comme avant, lorsqu'il voulait mourir sans vraiment le pouvoir. Nicolas voyait son trouble, comprenait ses angoisses. Il lui mettait parfois la main sur l'épaule. Cela réconfortait un peu Lourseau de pouvoir compter sur ce garçon. Mais, ce qu'il attendait surtout avec une folle impatience, c'était ces nuits sans lune où il pouvait la voir, elle, lui parler, la serrer contre lui. Sans ces rencontres nocturnes et clandestines, il n'aurait pas tenu, il serait devenu fou.

Même si sa peur pour elle l'empêchait de l'encourager dans la voie qu'elle avait prise, la même que la sienne, même s'il essayait toujours de la freiner pour la protéger, il voyait bien qu'elle n'était pas une petite chose fragile. Elle était là, la nuit dans le maquis à commander tous ces hommes et ils lui obéissaient presque aveuglément. Elle donnait des instructions, comme lui. Mieux que lui, elle échafaudait des plans, montait des opérations. Il sentait bien que peu à peu elle prenait même l'ascendant sur Chasse, qu'il la laissait de plus en plus voler de ses propres ailes, prendre seule la tête des opérations alors qu'il ne pouvait toujours pas aller sur le terrain lui-même. Il était très fier d'elle malgré la peur panique de la savoir en danger, en bas, au village, là où il ne pouvait rien pour elle. Elle était admirable et il l'aimait. Plus tard, quand tout serait fini, ils auraient une vie ensemble, ici ou ailleurs, plutôt ailleurs. Il quitterait ces collines-refuges qui étaient aussi devenues une prison de malheur. Il était prêt. Mais, il fallait encore attendre, finir ici ce qu'il avait commencé quinze ans plus tôt. Déjà quinze ans. Quinze années d'hibernation puis de lent retour à la vie, c'était une éternité et maintenant, comme le temps perdu lui semblait long, comme cette attente lui était douloureuse. La voir, encore. Il ne tenait que pour cela avec cette angoisse de penser à chaque au revoir au milieu de la nuit que c'était peut-être la dernière fois. Tout pouvait arriver, une dénonciation, un hasard funeste, une erreur d'appréciation et Giraud qui faisait planer cette terrible menace sur leur amour. Ce que cet homme était devenu ne l'étonnait guère. Ces temps obscurs se prêtaient bien à l'ascension et au triomphe de ce genre de personnages. Chaque matin, il attendait sa venue. Il pressentait confusément que ce ne serait pas une escouade d'Allemands qui tenterait bientôt de le débusquer, mais, comme par le passé, ce même chasseur avide de sa perte. C'était la même lutte qui se poursuivait entre lui, l'homme libre à la conscience tourmentée et Giraud, sans conscience et sans remords, uniquement animé par la haine et la peur, ses faiblesses et sa lâcheté, son intolérance chevillée au corps, sa violence à la place du cœur. Bernard ne supportait pas l'idée qu'il y eût tant de personnes en danger à cause de lui : tous ces êtres qu'il aimait, qu'il estimait et qu'il devait protéger. C'étaient eux qui risquaient d'être les victimes innocentes de cette lutte sans merci entre Édouard et lui. Déjà, Marcel en avait fait les frais. Chaque coup qu'il avait reçu, Bernard les avait pris pour lui. Qu'un homme mît à la torture un autre homme pour qu'il lui livrât un troisième, voilà qui le révoltait. Que d'autres que lui prissent les coups qui lui étaient destinés, il ne pouvait l'accepter. Et Jeanne qui s'était mise elle-aussi en tête de jouer un rôle dans cette terrible partie de cache-cache avec la mort ! Si seulement il avait pu la tenir éloignée de tout ça. Mais, elle était fière, indépendante et libre de ses choix. Au fond, c'était aussi pour cela qu'il l'aimait et il ne pouvait pas vraiment regretter qu'elle fût ce qu'elle était. Ils étaient tous ensemble embarqués dans la même galère et voilà tout. Pourvu qu'elle arrivât à bon port sans se fracasser sur quelque écueil, c'était tout ce qu'il pouvait espérer et ce à quoi il devait travailler inlassablement.

— Nicolas, Pierrot, allez, on va se préparer pour un nouvel exercice ! Tous en place dans moins de cinq minutes !

XX

Marcel fixait le plafond de sa chambre d'un œil morne et éteint. Il regardait toujours au même endroit, là où s'étalait en auréoles brunâtres ce maudit dégât des eaux, résultat du dernier gros orage. Il soupira. Il se demandait quand il aurait la force de monter sur une échelle pour le réparer. Pour le moment, il était épuisé d'aller de son lit au fauteuil. Sur son chevet, parmi quelques papiers administratifs que Louise lui avait rapportés de la mairie, histoire qu'il trompât un peu son ennui, il y avait la lettre d'excuse d'Édouard dont chaque mot sonnait faux. Marcel n'était pas dupe. Il savait qui avait dicté cette missive froide et impersonnelle à son ennemi intime. Il était néanmoins satisfait d'imaginer la tête de Giraud lorsqu'on l'avait contraint à s'abaisser à la rédiger. Dans un râle, le maire de Saint-Martial se redressa sur son séant et regarda à travers le carreau de la fenêtre. Sa place était de l'autre côté de la rue, à la mairie et pas au fond de cette chambre. Il se leva, péniblement et fit quelques pas avant de s'effondrer dans le fauteuil. Il était à bout de patience. Quand est-ce qu'il récupérerait l'intégralité de ses moyens ? Il y avait tant à faire. Bien sûr, il y avait Jeanne pour le remplacer et elle s'en sortait très bien, peut-être même mieux que lui. Mais ce n'était pas à elle de prendre tous ces risques. S'il lui arrivait malheur, comment oserait-il croiser le regard de Bernard ?

Depuis qu'Édouard l'avait torturé, il revoyait sans cesse la scène dans ses cauchemars. Au réveil, il était d'une humeur massacrante. Tout l'irritait. Louise était aux petits soins pour lui et Marcel la trouvait insupportable. Tout le village défilait pour prendre de ses nouvelles et tous ces gens gentils l'exaspéraient. Il n'y avait guère que Jeanne pour calmer sa colère. Elle ne venait pas le voir débordante de pitié et de bons sentiments, mais avec des projets concrets, des plans d'actions au sujet desquels elle voulait son avis. Elle ne le regardait pas comme s'il était une épave, un infirme cloué au fond de son lit, mais comme un partenaire dont les idées comptaient. Il aimait ses visites car elles étaient les seuls moments où il se sentait utile, où il avait à nouveau l'impression que quelqu'un avait besoin de lui.

Les jours s'égrnaient, semblables les uns aux autres. Peu à peu, Marcel retrouvait des forces, la force de se lever, de marcher jusqu'au seuil de sa porte, celle de se laver tout seul et de se raser. Il recouvrait ainsi un peu de sa dignité d'homme. Il ne l'aurait totalement récupérée qu'en réglant définitivement ses comptes avec son bourreau. Cette pensée l'obsédait et il n'avait que faire de la lettre d'excuses compassée de Giraud. Des mots ne parviennent pas à effacer certains actes. Son sang avait coulé et il allait le lui faire payer du prix du sang. Il n'était pas très fier de ces idées de violence. Elles étaient loin de lui et il se dégoûtait même de finir par ressembler à Édouard. La haine, la vengeance, l'orgueil, il comprenait maintenant comment on pouvait si facilement se laisser aveugler par eux. Il était en colère, au fond de cette chambre, dans cette maison où il tournait comme un lion en cage depuis trop longtemps déjà. Il avait besoin d'action.

Dehors, ses amis, ses camarades, ses compagnons de lutte n'en manquaient pas. Avec Jeanne à leur tête, ils ne chômaient pas. Presque chaque nuit, elle les menait au combat. Les missions étaient sans cesse plus ambitieuses et plus dangereuses, sabotages, renseignement, rendez-vous secrets, convoyages d'armes et de fuyards, propagande… Tout ceci finissait par donner des sueurs froides à Marcel. Lui n'était jamais allé aussi loin. Il prenait moins de risques. Lorsqu'il s'en ouvrait à Jeanne, elle partait la tête en arrière dans un éclat de rire et balayait toutes ses objections en le désarmant avec l'un de ses sourires ravageurs. Oui, je prends des risques disait-elle, mais j'obtiens des résultats et de lui détailler la liste de tous les coups qu'elle avait déjà portés à l'ennemi, de toutes les actions qu'elle avait entreprises et de toutes celles qu'elle projetait déjà. C'était une véritable boulimie, une envie frénétique d'agir qui la caractérisait. Elle se donnait totalement à ce qu'elle considérait maintenant comme une mission sacrée et Marcel se demandait quand est-ce qu'elle trouvait le temps de dormir.

Elle ne dormait plus, ou presque. Elle s'épuisait littéralement à la tâche. Elle voulait la victoire sur la barbarie, cette barbarie qui lui avait tant fait peur le jour où elle avait sauvé le petit Simon, cette barbarie qui avait cloué au lit pour de si longues semaines son ami Marcel, cette barbarie qui menaçait celui qu'elle aimait. Jeanne voulait que tout cela cessât, que le monde d'avant revînt, alors, elle agissait. Elle apportait sa pierre à l'édifice de leur libération future. Le soir, elle et ses hommes se groupaient autour du poste TSF pour écouter « Les Français parlent aux Français ». L'espoir brillait dans leurs yeux quand ils entendaient que partout l'ennemi était en train de reculer. L'Africa Korps de Rommel n'était déjà plus qu'un souvenir et depuis Stalingrad, la folie de Hitler de vouloir avaler le géant soviétique était en train de lui coûter très cher. Seule la « Forteresse Europe » semblait inébranlable aux Alliés qui avaient bien débarqué en Italie mais y piétinaient. N'en déplaise à Churchill, l'itinéraire qui passait par les Abruzzes, les Apennins et les Alpes ne semblait pas être le meilleur pour arriver à Berlin avant les troupes de Staline. Pour Jeanne comme pour tous les combattants de l'ombre, il était évident que le sort de la guerre ne pouvait se jouer qu'ici, en France. C'était là que le coup décisif devait être porté, là que la brèche devait être ouverte afin que l'Europe cessât d'être sous la botte allemande. Le débarquement, ils l'attendaient, ils s'y préparaient en secret. Ils seraient là pour prêter main-forte aux Alliés. Mais quand ? Le temps pressait. Comme toute bête fauve acculée, les Occupants se déchaînaient. Jamais ils n'avaient été aussi dangereux et brutaux. Avec leurs suppôts français de la Milice, ils resserraient sans cesse leur étau autour des réseaux de la Résistance. Déjà, celui qui connaissait tous les secrets, celui qui avait tant œuvré à les unir, à les organiser, à leur donner force et efficacité n'était plus. Trahi, torturé, martyrisé, Jean Moulin avait disparu sans parler dans la nuit et dans le brouillard. Chaque jour de plus était peut-être le dernier pour Jeanne, pour tous ses hommes qui lui faisaient confiance, pour Marcel, toujours amoindri et vulnérable, pour Bernard et ceux à qui il donnait asile. Qu'il était dur de se lever le matin avec cette boule au ventre et de se demander sans cesse tout au long de la journée si l'on ne va pas être arrêté, en classe, chez soi, peut-être en pleine nuit. Sommeil bref et agité, entrecoupé de réveils inquiets. Angoisse du lendemain. Peur pour soi, bien sûr, mais surtout pour les autres. Cette terreur était devenue le quotidien de Jeanne. Et dire que la propagande de Vichy la traitait elle et les siens de terroristes. Quelle ironie ! Qui répandait la peur partout où ils passaient ? Les résistants de l'ombre ou les chemises brunes qui paradaient au grand soleil ?

Parfois, le découragement la gagnait. Elle était abattue. Elle voulait tout lâcher. Elle trouvait sa lutte dérisoire face à l'immense puissance de destruction de l'ennemi. Elle avait raison. Elle, petite institutrice de campagne ne pesait pas bien lourd. Ses hommes n'étaient pas bien nombreux, pas bien armés, peu entraînés, pas de char, pas d'avion, pas d'auto-mitrailleuse, des mouches face à un éléphant, voilà ce qu'ils étaient. Oui, mais un essaim de mouches peut rendre fou un pachyderme. Mourir, peut-être, mais lutter encore, piquer l'ennemi à vif, comme l'abeille. Quand l'abeille vous pique, elle meurt, c'est vrai. Mais, si les abeilles ne piquaient pas, il y a longtemps qu'il n'y en aurait plus. Elle avait entendu cette phrase d'un des rares survivants des maquis du Vercors. La barbarie nazie, la collaboration, la folie des uns, la lâche compromission des autres semaient la mort et la misère partout dans le pays. Elle avait parfois l'impression que le ciel était noir et qu'ils ne sortiraient jamais des ténèbres de cette longue nuit. Les voix du monde libre qu'elle entendait à la radio semblaient parfois si lointaines, leur message d'espoir toujours brouillé par la triste réalité de cette vie d'esclave, sous le joug de l'ignoble et de l'innommable. Dans cette lutte qu'elle savait juste, elle craignait parfois de tout perdre, son amour, sa vie et même son âme. N'était-elle pas obligée parfois d'être aussi inhumaine que ceux qu'elle combattait quand, seule, elle devait prendre la décision de supprimer une vie, celle de ce mouchard qui dénonçait et menaçait ses hommes et leur cause, celle de ce collaborateur notoire qui les poursuivait de sa haine et voulait les détruire, celle de ce jeune soldat allemand qu'elle avait dû abattre elle-même ce soir-là, au bord de cette voie ferrée pour ne pas mourir. Elle n'avait pas hésité au moment d'appuyer sur la détente du pistolet, lui, oui et c'était pour cela qu'elle était encore en vie. Mais ce regard après qu'elle ait tiré, elle ne l'oublierait jamais. Il s'y lisait toute l'horreur et l'absurdité de la guerre, lorsque des êtres humains sont contraints pour tout un tas de raisons qui les dépassent de tuer d'autres êtres humains ou bien d'être tués par eux. Elle savait qu'il en était ainsi depuis que les hommes avaient créé la civilisation. C'était donc ça, être civilisé ? Tuer l'autre ? À coup de pierres, de hache, avec des flèches, puis des balles et des canons, depuis des millénaires, on se massacrait ainsi, des Grecs aux Romains et jusqu'à elle aujourd'hui qui se livrait à son tour à cette œuvre d'auto-destruction à laquelle l'Homme semblait toujours vouloir se complaire. Pauvre Jeanne ! Qu'était-elle devenue ? Elle était le soldat d'une guerre sans nom, sale, comme toutes les guerres et elle voulait la paix, comme les soldats de toutes les guerres de l'histoire de l'humanité qui s'étaient battus, avaient souffert et avaient tué avant elle. La paix et l'amour. Elle voulait survivre pour voir l'une et connaître enfin pleinement l'autre. Elle ne tenait que pour cela. La peur au ventre, la rage au cœur, elle se battait et elle attendait.

XXI

Il était assis là depuis plusieurs heures déjà, un sac en toile de jute sur la tête. Les liens avec lesquels on l'avait ligoté tel un rôti de porc lui faisaient atrocement mal. Il ne parvenait pas à comprendre ce qui lui était arrivé. Tout était allé si vite. Où était-il ? Il n'en avait aucune idée. Pourquoi ? Il s'en doutait un peu. Il fallait bien que cela arrivât un jour. Il n'était pas prêt pour cela. Il tremblait de tous ses membres. Il avait peur, une peur panique en imaginant ce qu'on allait lui faire. La chaleur qu'il ressentait entre ses cuisses flageolantes lui indiquait qu'il n'avait pas réussi à retenir une envie pressante. Il ne se souvenait même plus quand il s'était fait dessus. Il avait peu à peu perdu la notion du temps. Aucun bruit. Le silence était absolu. Il était seul, perdu là dans le noir, seul avec lui-même et avec ses angoisses. Il pensait à sa femme et à ses gosses. Ils devaient s'inquiéter de ne pas le voir rentrer, lui d'habitude si ponctuel, si prévisible. C'était certainement ça qui l'avait perdu. Jeanne les avait pourtant prévenus, ne jamais faire la même chose deux jours de suite, modifier ses habitudes régulièrement, ne plus céder à ses routines. Il ne l'avait pas écoutée et voilà. Il avait été pris. Il fallait que cela tombât sur lui. Qu'allait-il arriver maintenant ? Combien de temps tout cela aller encore durer ? Que lui voulait-on ? Subirait-il le même traitement que Marcel ? Et lui, allait-il tenir sans parler ? Il savait que se poser la question comme il était en train de le faire c'était déjà connaître la réponse. Il n'avait pas le cran de Chasse, ni le courage de Jeanne, encore moins la force imperturbable de Bernard. Lui allait tout déballer, il le sentait. Il aurait voulu mourir avant, mais il n'avait aucun moyen à sa disposition pour en finir. Au point où il croyait en être, ce n'était pas la mort qu'il redoutait le plus. Par contre, il avait peur de souffrir. Il savait qu'il ne supporterait pas les coups, la douleur.

Soudain, un bruit, des pas, une porte qui s'ouvre. Il retint son souffle. On venait jusqu'à lui. Sur le sol, de la paille sèche crissait sous les pieds de l'inconnu qui approchait lentement. Il s'arrêta à quelques centimètres de lui. Il ne disait rien. Il ne bougeait plus. Rien ne se passait comme il l'avait imaginé. Il s'attendait à ce qu'ils soient plusieurs, à ce que les questions et les coups fusent de toutes parts, dès le début. Il ignorait que les meilleurs tortionnaires avaient pour habitude de prendre leur temps. Ils ne vous donnent jamais l'impression d'être pressés. Pour eux, torturer, c'est comme bien faire l'amour, l'important c'est les préliminaires. Dans leur jargon, lorsqu'ils parlent entre eux, ils disent « mise en condition du sujet ».

Tout à coup, la lumière, éclatante, aveuglante. Il ne parvenait pas à garder les yeux ouverts. Il voulait voir, mais n'y arrivait pas. L'autre était en face de lui. Il ne bougeait toujours pas. Alors que ses yeux ne distinguaient toujours rien, une voix lui parla doucement. Il la reconnut et sa peur se changea en terreur. Lentement, en articulant bien, Giraud s'adressa au paquet de viande qui était ficelé devant lui :

— Alors, tu n'arrives plus à reconnaître ton vieux copain ? Faut dire que ça fait une paille qu'on ne s'était pas vus tous les deux. La dernière fois que je suis venu à Saint-Martial, j'étais un peu pressé. Je n'ai pas eu le temps de venir te saluer. Mais, aujourd'hui, je ne suis ici que pour toi !

— Édouard ! Qu'est-ce que tu me veux ? Pourquoi tu m'as fait enlever comme ça ? J'ai rien fait ! Je te jure !

— Tu jures trop fort, trop vite… Si tu n'avais rien à te reprocher, tu n'aurais pas si peur de ton vieil ami. Allez, arrête de trembler comme ça. Tu me fais presque de la peine. Tu sais, je ne veux pas te faire de mal, on a tellement de bons souvenirs ensemble. C'est pas comme avec Marcel. Avec lui, j'avais de vieux comptes à régler, d'ailleurs, la note du boucher n'est toujours pas soldée, alors je n'y suis pas allé de main morte. Avec toi, c'est différent. Je n'ai que quelques petites questions, juste des questions. On discute, tu me renseignes sur ce que je veux savoir et tout ira bien. Tu pourras retrouver ta femme et tes loupiots. Tu sais, on est pas bien loin de chez toi, regarde.

Ses yeux qui s'étaient habitués à la lumière du jour avaient cessé de larmoyer. Ils quittèrent un instant le visage dur et sauvage de Giraud pour regarder alentour. Effectivement, il reconnaissait l'endroit. Il se trouvait dans l'ancienne bergerie, juste au-dessus de chez lui. Cela le rassura un peu. Il redressa la tête, retrouva un peu d'aplomb et un semblant de courage. Il allait tenter de résister.

— Tu peux cogner, Édouard, je ne te dirai rien !

— Mais qui te parle de te frapper ! Non ! Pour toi, si tu ne me dis pas tout ce que je veux savoir, j'ai eu une autre idée. Tu vois, avant de m'occuper de toi, je suis passé par mon ancien chez moi, histoire de dire bonjour, de voir si on ne m'avait pas oublié. On m'avait oublié. J'ai même pu me rendre compte qu'on m'avait remplacé à la boucherie… Pas fameux le nouveau boucher de Saint-Martial, pas vrai ? Mais, ne t'inquiète pas, il ne vous infligera plus ses ignobles alouettes sans tête, vu que maintenant, c'est lui, qui n'a plus de tête ! C'est ce qui arrive quand on me vole ma propriété et ma femme. Celle-là non plus ne devrait plus trop vous déranger. J'avais oublié à quel point ses cris et ses pleurnicheries pouvaient être insupportables. Enfin, tout ça, ce sont mes histoires, cela ne te regarde pas.

— Mon Dieu ! Qu'est-ce que tu leur as fait, salaud !

— Rien à côté de ce qui t'attend si tu ne me dis pas tout, mon vieux. Avec eux, j'étais très énervé, tu comprends ? Alors, ça a été rapide de les écorcher vifs. Avec toi, je vais m'y prendre autrement. Regarde, j'ai pris avec moi quelques petits souvenirs de mon ancien métier. Tout cela me manquait et puis, je ne supportais pas l'idée qu'un autre s'en servît à ma place.

Giraud, le regard fou, déballa un sac plein de couteaux et de hachoirs de boucherie. Il les aligna avec un soin étudié devant le nez de celui qui avait été autrefois son meilleur ami. Ce dernier le regardait faire, affolé.

— Mais tu es devenu complètement fou, Édouard !

— C'est ça ! Complètement fou ! Et tu sais bien ce qu'on dit, les fous, il ne faut pas trop les contrarier. Alors, parle ! Sinon, je vais te découper par petits morceaux. Mais peut-être que tu ne m'en crois pas vraiment capable ?

Comme une bête en furie, Édouard se jeta alors sur son supplicié sans défense. Il lui attrapa la main droite qui était attachée derrière son dos et lui coupa froidement deux doigts. Les hurlements qui s'en suivirent le firent éclater de rire, un rire de dément. Vaincue, brisée par la violence de cette folie déchaînée, sa victime craqua :

— Arrête ça ! Je t'en supplie ! Je vais te dire tout ce que tu veux savoir.

— C'est bien. C'est beaucoup mieux comme ça. J'étais sûr que tu saurais vite être raisonnable… On s'est toujours bien entendu tous les deux, pas vrai, Clovis ?

Le maréchal-ferrant, la gorge serrée de sanglots raconta tout. Giraud s'était rapproché de lui, presque à le toucher. On aurait dit un prêtre écoutant la dernière confession d'un agonisant. Il lui caressait doucement la nuque et le dessus de la tête, comme on ferait à un petit enfant pour le rassurer. Il était littéralement ivre du pouvoir sans limite qu'il avait réussi à conquérir sur sa victime, son ancien ami. Dans tous les interrogatoires qu'il avait menés, c'était de loin le moment qu'il préférait. Il ressentait alors une intense jouissance, la jouissance de soumettre l'autre à sa totale volonté, de tirer de lui tout ce qu'il voulait, puis, pareil à un vampire qui s'est bien rassasié du sang de sa proie d'un soir, venait le bouquet final, la mise à mort. Pourquoi n'alla-t-il pas jusque-là avec Clovis ? Était-ce un dernier sursaut d'humanité qui l'empêcha de rompre le cou de son ancien copain de régiment, de celui avec qui depuis l'enfance il avait fait tant de coups pendables ? Peut-être. Ou bien poussait-il le sadisme jusqu'à le laisser vivre pour qu'il gardât le restant de son existence la honte d'avoir donné tous ses camarades ? Toujours est-il qu'après avoir tiré toutes les informations qu'il pouvait lui donner, Édouard le détacha sans ménagement et le jeta brutalement à terre.

— Merci, Clovis, pour tous ces précieux renseignements. Tu peux être fier de toi, tu viens de rendre un grand service à ta Patrie. Allez ! À la revoyure, salue ta femme et tes enfants de ma part.

Et Giraud s'en fut en laissant la porte de la vieille bergerie grande ouverte sur une liberté que le pauvre Clovis réduit à l'état d'épave ne voulait même plus aller chercher. Sa vie était sauve, mais, à cause de lui, combien de ses camarades allaient disparaître ? Il s'assit, hébété sur le seuil de la porte, se prit la tête à deux mains et pleura. Puis, il se ressaisit. Tout n'était peut-être pas perdu. Édouard avait fait une grosse erreur en le laissant en vie. Malgré sa honte d'avoir eu peur et d'avoir parlé, il avait encore la conscience de son devoir. Il fallait prévenir les autres à temps pour éviter le pire. Il se releva, entoura sa main mutilée et ensanglantée d'un mouchoir et courut jusqu'au village.

Quand, depuis la fenêtre de sa chambre, Marcel vit arriver Clovis sur la place du village, il sut tout de suite que quelque chose ne tournait pas rond. Le maréchal-ferrant se rua sur la porte de la mairie-école. Quelques minutes plus tard, Jeanne en sortit précipitamment. Clovis émergea à son tour du bâtiment quelques instants après. Il marchait sur la place en titubant. Il ne semblait visiblement plus savoir que faire ni où aller.

Marcel rassembla ses forces encore bien hésitantes. Il s'habilla et descendit l'escalier. Il dégagea avec brusquerie Louise qui voulait lui barrer le passage.

— N'y va pas, Marcel, c'est trop tôt. Tu es encore trop faible !

— Cela suffit comme ça ! C'est maintenant qu'on a besoin de moi.

Il était dans la rue. Pour la première fois depuis trois mois, il traversa la place.

— Oh ! Clovis, qu'est-ce qu'il se passe ?

— Il se passe que c'est la merde, Marcel !

Clovis raconta tout au maire. Il ne lui cacha rien. Bizarrement, il avait plus craint la réaction de Jeanne à l'aveu de sa trahison forcée que celle du Grand Marcel. C'est pourtant lui qui réagit le plus vivement contre lui. Après l'avoir écouté, glacé par ce qu'il entendait, il lui décocha une calotte mémorable qui le fit tomber le cul par terre, puis, il se mit à hurler :

— Espèce d'abruti !

— Je suis désolé Marcel, je m'en veux d'avoir tout débité. Si tu savais comme je m'en veux ! Mais, j'ai eu si peur. Giraud est devenu complètement fou, tu sais !

— Mais j'en ai rien à foutre de ça ! Arrête de pleurnicher sur ton sort ! T'as parlé, t'as parlé. Mais pourquoi est-ce que tu es allé raconter tout ça à Jeanne avant de venir me voir moi, Nom de Dieu !

— Je sais pas. J'ai pas trop réfléchi. Pour moi, c'est elle qui prend les décisions, alors c'est à elle que je suis allé dire ce qui s'était passé. Je pensais que toi tu...

— Ouais ! Je sais ce que tu pensais ! Je sais ce que vous pensiez tous ! En attendant, maintenant, elle est en danger. Tu comprends ? Pour sauver Bernard, elle est prête à n'importe quoi et c'est exactement ce sur quoi cette pourriture de Giraud compte pour réussir son coup.

— Merde ! Elle va se jeter dans la gueule du loup ! Si j'avais su. Si j'avais réfléchi !

— Ah ? Parce que tu sais réfléchir, toi ! Bon, allez, assez causé, maintenant, il faut agir. Va prévenir les gars. Qu'ils me retrouvent derrière la mairie dans dix minutes.

— Euh ? Marcel ?

— Quoi encore ?

— Il faudrait peut-être aller faire un tour chez Édouard. J'ai pas bien saisi tout ce qu'il m'a raconté tout à l'heure, mais je crois que là-bas il a fait un massacre.

— Qu'est-ce que c'est encore que cette histoire ? Bon, ça va, j'y vais. Vous, dépêchez-vous. Dix minutes ! Pas une de plus !

— Oui, chef !

Marcel se hâtait en direction de la boucherie. Sa jambe droite et sa hanche le faisaient encore souffrir. De temps en temps il claudiquait, mais la vieille carcasse allait tenir. Il le fallait. En approchant, il eut un drôle de pressentiment, le même que bien des années auparavant lorsqu'il était à la guerre. Il avait l'impression que l'air sentait la mort. La porte de la boutique était entrouverte et battait au vent en grinçant de façon lugubre. Il entra en marquant un moment d'hésitation.

— Oh ! Mon Dieu !

Lui qui pourtant n'y croyait pas ne put dire que cela en découvrant le spectacle macabre qui s'étalait devant ses yeux. Clovis avait parlé de massacre. Le mot était encore trop faible. Le lieu portait tristement bien son nom. C'était une véritable boucherie à l'intérieur du magasin, l'œuvre d'un fou sanguinaire que plus rien n'arrêtait. Marcel savait que son beau-frère était devenu une ordure de la pire espèce. Il ignorait encore à quel point la Milice l'avait transformé en un monstre. En voyant les deux corps méconnaissables étendus sur le comptoir, l'un sans tête, l'autre atrocement mutilé, il comprit. La bête nuisible à abattre, c'était Giraud. Et il allait l'abattre. Il n'avait même plus de haine contre lui. Il ne ressentait qu'un profond dégoût et un sentiment de terreur absolue. Il avait peur d'arriver trop tard. Après ce qu'il venait de voir, il n'osait imaginer ce qu'Édouard serait capable de faire à Jeanne et à Bernard s'il tombait sur eux. Résolu, il tourna le dos à la scène d'horreur et sortit précipitamment. Il ne pouvait plus rien faire pour les morts. Il devait se concentrer pour sauver les vivants. En allant vers la mairie, il fit tout de même un crochet vers l'église. Il raconta brièvement toute l'histoire à Monsieur le curé. Les deux ennemis d'hier faisaient aujourd'hui cause commune. Face au Mal absolu, il fallait s'unir.

— Allez faire votre devoir avec les vôtres, Monsieur le maire, je vais m'occuper du repos de l'âme de ceux qui sont déjà tombés sous les coups de cet enfant de Satan.

— Merci, Monsieur le curé.

— Marcel ?

Chasse tressaillit. C'était bien la première fois que le Père l'appelait par son prénom.

— Oui ?

— Soyez prudent. Je vais prier pour vous.

— Aujourd'hui, je vous en remercie. Si votre bon Dieu existe, c'est vraiment le moment pour qu'il nous donne un coup de main.

Et il s'en fut vers la mairie où ses gars l'attendaient, ponctuels au rendez-vous fixé. Il les rassembla autour de lui et s'adressa à eux :

— Bon, les gars, je vois que tout le monde est là. C'est bien... Vous savez tous pourquoi je vous ai réunis. Vous saviez tous que ce moment-là viendrait. Il est temps pour nous de sortir de l'ombre et de combattre au grand jour. Je suis comme vous. Je pensais que cela arriverait un peu plus tard et qu'on lutterait pour aider les Alliés à nous libérer. Mais, la vie, c'est comme ça. On ne choisit pas toujours les moments et les causes pour lesquelles on doit se lever et se battre. Dans le Nord, nos frères d'armes luttent déjà pour la liberté, depuis le 6 juin, depuis le débarquement sur les plages normandes de ces milliers d'hommes qui risquent et donnent leur vie pour nous et nos enfants, pour que nous puissions un jour connaître la paix dans l'indépendance retrouvée, pour que le joug de l'oppression soit levé. Pour nous, l'attente continue. Elle ne durera plus très longtemps, je vous l'assure. Un autre débarquement va bientôt avoir lieu et ce sera sur nos côtes cette fois-ci. Ce jour-là, la Résistance sera prête !

Pendant que Marcel haranguait ses hommes, le curé du village avait rassemblé les femmes et était allé jusqu'à la boucherie. Quand le cortège macabre passa devant eux, Marcel se tut quelques instants et tous regardèrent ces deux corps recouverts d'un linceul blanc déjà rougi de sang que l'on transportait lentement vers l'église. Une des femmes du cortège s'arrêta et fixa les hommes d'un regard empli de peine et de colère. Elle s'avança vers eux et leur cria :

— Faites-lui la peau à ce salaud !

Puis elle baissa la tête et s'en fut avec les autres. Marcel, la gorge serrée reprit la parole :

— Ce n'est pas pour notre liberté que je vais vous demander de vous battre avec moi aujourd'hui. C'est pour sauver la vie de deux de nos camarades. Ils sont en péril et nous devons les aider. Nous devons faire rempart de nos corps pour les protéger d'un monstre né de cette guerre atroce, le monstre qui a été capable de faire ça !

Et Marcel leva un doigt accusateur en direction du cortège qui passait déjà le coin de la rue.

— Ce monstre, vous le connaissez tous. Il était autrefois un homme. Il était l'un des nôtres. Certains le comptaient parmi leurs amis, d'autres comme un des membres de leur famille. Je voudrais aujourd'hui que vous compreniez tous que cet homme n'existe plus. Édouard Giraud est mort. Vous entendez, mort ! Celui que nous devons combattre n'a plus rien à voir avec lui, alors, n'ayez pas de pitié. Surtout n'hésitez pas car lui ne vous fera pas de quartier.

Une voix sourde s'éleva du groupe d'hommes rassemblés autour du Grand Marcel, unanime dans sa détermination :

— Oui chef !

Marcel les regarda tous et poursuivit :

— Pourtant, une chose n'a pas changé. Hier comme aujourd'hui, c'est le même homme que Giraud poursuit de sa haine. Autrefois, certains d'entre vous étaient prêts à le suivre dans sa folie meurtrière. Regardez où elle l'a conduit. Vous tous, vous avez changé. Bernard n'est plus pour vous le « fada ». Il est devenu pour nous tous l'un des nôtres. C'est sa vie qu'il nous faut défendre, celle de Jeanne aussi. Elle est partie pour le sauver, n'écoutant que son cœur et elle risque de tomber dans le piège que lui tend Édouard. C'est grâce à elle que vous êtes tous là aujourd'hui. Pendant mon absence, elle a fait plus que me remplacer. Elle a fait de vous ce que vous êtes maintenant, des hommes prêts à livrer bataille. Alors, battons-nous pour elle et pour Bernard !

Un cri de ralliement enthousiaste salua la fin du discours de Marcel. Quand le calme retomba, il donna à chacun ses instructions. Tous voulaient monter aux collines pour porter secours à leurs deux camarades en péril et pour en découdre avec Giraud. Mais il fallait qu'un groupe restât au village pour stopper l'arrivée des éventuels renforts qu'il aurait pu demander, la discussion était vive, traînait en longueur. Personne ne voulait être de ceux qui restent en arrière. Au moment où Marcel allait perdre patience, une voix de stentor qu'il connaissait bien s'éleva dans son dos :

— Les hommes ! Vous avez assez discuté ! Vous allez tous monter là-haut. Ce sont nous, les femmes de Saint-Martial qui allons tenir le village !

Marcel se retourna. Les femmes étaient là. À leur tête, Louise avait retrouvé les yeux étincelants de sa jeunesse. Chasse oublia tout à coup les rondeurs disgracieuses, le sale caractère et le poids des années qui avait fait naître chez lui la tendre indifférence résignée qu'il éprouvait pour elle. En quelques secondes, il retomba amoureux fou de son dragon d'épouse. Et comme malgré cela Louise restait Louise et qu'un ordre de sa part ne se discutait pas, il hocha de la tête en signe d'assentiment ce qui ravit la matrone. Elle se mit immédiatement en demeure d'organiser la défense du village et son ardeur était communicative. Toutes les autres femmes s'affairaient. Elles avaient à cœur de marcher dans les pas de celle qui était devenue pour elles toutes un exemple. Elles voulaient être à la hauteur de la petite institutrice, de « Mademoiselle Jeanne » qui la nuit donnait des ordres à leurs maris et était partie défier les armes à la main le monstre qui avait massacré les deux corps qu'elles venaient de conduire à l'église. Si Jeanne toute seule avait ce courage, elles pouvaient bien ensemble défendre le village.

Les hommes, en les laissant à leurs préparatifs souhaitèrent du plaisir à ceux qui auraient la folie d'investir le village. Pour sûr qu'avec toutes ces mégères en furie, les leurs, ils risquaient fort de passer un bien sale quart d'heure. Ils en riaient déjà en se frottant les mains.

Marcel les ramena à la raison en se composant une mine de circonstance. Le moment n'était pas à la rigolade et on ne se préparait pas pour une kermesse.

— Allez, les gars ! En colonne par deux ! On monte aux grottes chercher les armes et à marche forcée je vous prie !

Et les partisans de Saint-Martial s'élancèrent pour leur dernier combat.

XXII

Jeanne courait, courait à en perdre haleine. Elle ne pensait plus, ne réfléchissait plus. Elle ne voulait que le rejoindre, que le sauver. Elle étreignait nerveusement la crosse froide de l'arme qu'elle avait précipitamment glissée dans la poche de son tablier. Quand Clovis était venu la voir chez elle, elle était en train de faire de la pâtisserie, comme une femme normale, comme dans une vie normale. Le gâteau qu'elle avait mis au four devait être en train de brûler maintenant. Quelle importance ? Plus rien n'avait d'importance à part sauver Bernard. Mais que pouvait-elle faire seule avec un revolver contre cette brute déchaînée de Giraud et sa bande. Combien étaient-ils à vouloir la peau de son homme ? Elle l'ignorait. Pour une fois, elle n'avait pas de plan d'action, juste le besoin irrépressible de le rejoindre pour pouvoir faire front à ses côtés, pour lutter avec lui contre les mêmes ennemis. Et s'ils devaient tomber, ce serait ensemble, sous les mêmes balles, main dans la main, cœur contre cœur.

La pente, les pierres, les buissons, les épines, rien ne pouvait l'arrêter. Dans ces collines qu'elle avait appris à connaître, à aimer, elle ne courait plus, elle volait, cheveux au vent, comme une folle, comme une furie prête à tout. Des larmes de peur, de rage lui voilaient parfois les yeux, son cœur et ses tempes battaient à la limite du supportable. Parfois, elle trébuchait, tombait, roulait dans les cailloux du chemin creux. Rien n'y faisait. Elle se relevait, rebondissait presque comme un ressort et repartait. Arriver à temps, avant Giraud, la Milice, les Allemands. Le prévenir, le sortir de ce traquenard mortel. C'était tout ce qui comptait. Elle n'aurait pas dû partir comme ça. Il aurait mieux valu prévenir Marcel et les autres, prendre le temps de s'organiser. Mais du temps, elle n'en avait pas, elle n'avait plus une seconde à perdre. C'était à elle de sortir Bernard du piège car elle était la seule à être prête à tout pour lui. C'est ce qu'elle s'était dit, c'est ce qu'elle avait décidé et elle était partie à son secours, seule.

Depuis combien de temps courait-elle ainsi ? Elle ne le savait plus. Elle connaissait le chemin par cœur. Elle n'avait même plus besoin de regarder où elle allait. Enfin, la clairière. Elle y était. Surtout, ne pas ralentir. Elle était soulagée, elle était arrivée à temps. Tout était calme dans la chaleur étouffante du mois d'août… trop calme.

— Eh ! Bien, Mademoiselle Jeanne, vous voilà bien pressée. Il est inutile que je vous demande où est-ce que vous allez si vite, vu que je le sais déjà.

Jeanne fut stoppée net par cette voix glaciale qui claquait comme du métal. Elle se retourna et elle le vit. Il était seul, une arme braquée sur elle. Il était inutile qu'elle tentât de sortir la sienne. Morte, elle ne sauverait pas Bernard. Il fallait essayer de gagner du temps et surtout, garder son sang-froid. Elle leva les mains en l'air et ne bougea plus.

— C'est bien ! Vous êtes raisonnable. J'aurai eu de la peine de devoir vous abattre même si j'ai beaucoup été déçu d'apprendre tout ce que je sais de vous désormais. Oui, très déçu. Que vous ayez pris le parti des terroristes, passe encore. J'ai même eu de l'admiration pour vous quand je l'ai su. On peut ne pas être dans le même camp et avoir du respect pour son ennemi, vous ne croyez pas ? Par contre, que vous vous soyez amourachée de cette pourriture de Lourseau, ça, ça me dépasse.

— J'imagine ! Et vous, Monsieur Giraud, qui aimez-vous encore, à part vous-même ?

— Toujours cet aplomb ! Ce don pour la provocation, même avec une arme braquée sur vous… Ah ! si les choses avaient tourné autrement, vous auriez pu être celle que j'aurais aimée. Vous vous souvenez autrefois, au bord de la mare ?

Jeanne sentit la faiblesse à exploiter chez son adversaire. Dos au mur, elle était prête à tout. C'est avec une profonde répugnance qu'elle fit un pas vers Édouard en se composant un visage enjôleur. Dans un murmure, feignant la femme séduite, elle lui répondit :

— Oui… je m'en souviens.

Giraud sembla retrouver un bref éclair d'humanité dans le regard.

— Ce jour-là, je vous avais mise en garde contre Lourseau. Vous auriez dû m'écouter. On n'en serait pas là aujourd'hui.

Jeanne fit encore un pas vers Édouard. Elle le regardait intensément, rejeta ses cheveux en arrière dans un mouvement félin. C'était le seul subterfuge qu'elle avait trouvé pour baisser les bras devant l'arme de la brute.

— Peut-être… vous avez sûrement raison, Édouard.

— Édouard !… Cela fait tellement longtemps que plus personne ne m'appelle ainsi…

Jeanne s'approcha encore et fit semblant de lui sourire tendrement.

— Tout n'est peut-être pas trop tard…

Elle était maintenant presque contre lui. Un peu plus et le canon de la mitraillette lui effleurait les seins. Elle sentait, elle voyait que la froide détermination de Giraud vacillait. En lui se livrait un combat entre l'homme timide et presque tendre qu'il était autrefois et le monstre de froide cruauté qu'il était devenu. Mais, Jeanne n'eut pas la patience d'attendre l'issue de cette lutte intérieure. D'un geste lent et posé, elle osa dévier d'elle le canon de la mitraillette. Or, en Giraud, ce fut le mal qui l'emporta. À la douceur feinte de Jeanne, il répondit par la brutalité et l'arme revint en un éclair en travers du visage de la jeune femme. Elle tomba en arrière, la bouche en sang. Giraud la surplombait de toute sa hauteur menaçante. Il ne fit pas un geste pour la relever. Il la fixait à nouveau de son regard de fou.

— Allez ! Debout ! Ça ne marche pas avec moi, les cajoleries. Autrefois, peut-être. Maintenant, il est trop tard, beaucoup trop tard. Nous ne sommes plus au bord de la mare aux canards, Mademoiselle Beauvais. Aujourd'hui, je ne ressens plus rien pour vous et vous, vous en aimez un autre et pas de chance, c'est l'homme que je veux, que je dois abattre.

— Vous pouvez me tuer, vous pouvez faire ce que vous voulez de moi, je ne vous conduirai pas à lui.

— Oh ! Je le sais bien. Ce n'est pas mon plan. Non, c'est lui qui va venir, pour vous. On n'est pas loin de l'endroit où cet animal se terre, n'est-ce pas ? Et il a de bonnes oreilles ? Alors, il va nous entendre et il va sortir de son trou !

Giraud tira en l'air plusieurs rafales de mitraillette. Puis, il poussa sans ménagement son appât au centre de la clairière. Tout en tenant Jeanne en joue, il se mit à hurler :

— Lourseau, c'est moi, Giraud ! Je suis sûr que tu m'as entendu. Je tiens ta putain ! Si tu veux la revoir en un seul morceau, sors de ton trou et viens nous rejoindre. Je suis seul. Je veux que ça se passe d'homme à homme. Il est temps qu'on s'explique une bonne fois pour toute, tous les deux ! Allez ! Je te donne cinq minutes. Après, je la descends comme la chienne qu'elle est devenue !

D'un taillis tout proche, une ombre émergea. C'était Lourseau. Ses yeux étaient noirs de colère. Il avança sans un mot jusqu'au centre de la clairière. Lui aussi était seul et sans arme, ses bras pendaient le long de son corps. Sur son visage, aucun signe de crainte, et pourtant, dans son cœur, quelle angoisse pour celle qu'il aimait plus que sa vie ! Il marcha droit sur Giraud, très lentement. Ce dernier le regardait avancer jusqu'à lui. Un sourire satisfait lui barrait le visage. Il humait le parfum envoûtant de sa victoire prochaine, tant d'années de haine et de frustration, une bien longue attente qui allait enfin prendre fin.

— Je suis là, Giraud. C'est bon. Relâche-là maintenant. Ce n'est pas elle que tu veux, c'est moi !

— Mais tu n'es pas en position de négocier quoi que ce soit, ordure ! Et tu ne sais pas ce que je veux... Ce que je désire le plus, c'est de te voir souffrir comme moi j'ai souffert, à cause de toi. Toutes ces années en prison, ma salope de femme et mon gosse disparus, par ta faute ! Je vais te faire payer tout ça aujourd'hui. Ceux qui m'emploient n'en ont rien à foutre que je te ramène vivant ou mort. Moi, je te veux mort, mais avant, je veux que tu en baves. Tu sais, j'ai eu le temps de faire ma petite enquête sur toi. J'en ai appris des choses ! Tiens, par exemple, j'ai su pour ta femme. Quelle tragédie ! Et dire que tu vas maintenant en perdre une autre.

Giraud leva son arme et la pointa sur Jeanne. Au moment où il allait faire feu, à l'instant où Bernard allait s'élancer pour tenter d'empêcher l'inévitable, une masse surgit de derrière un buisson et sauta tel un jaguar pour s'interposer entre la mitraillette et Jeanne.

— Non ! Édouard, ne fais pas ça !

— Ah ! Te voilà, toi. Il ne manquait que toi pour que la fête soit complète. Toujours à te mettre en travers de ma route ! Mais, cette fois-ci sera la dernière ! Et voici pour le Grand Marcel !

Giraud tira une nouvelle rafale de mitraillette. Le corps imposant de Marcel Chasse encaissa le coup presque sans broncher. L'espace d'un instant on eut pu croire que les balles étaient à blanc, que tout ceci n'était qu'une mise en scène inventée par quelque cinéaste en mal de sensations fortes, mais, ce ne fut que l'espace d'un instant. Marcel s'effondra lentement au pied de son assassin. Celui-ci le dégagea de son passage du bout du pied comme il l'eut fait d'un simple fétu de paille. Il n'avait même pas un regard pour son beau-frère en train d'agoniser. Son cerveau malade avait déjà tourné la page. Il releva son arme encore fumante et hurla à l'intention de Bernard :

— Quel héros ce Marcel ! Il ne m'aura pas arrêté bien longtemps ! Où en étais-je ? Ah oui ! Je sais. J'allais te prendre ta seconde femme.

Bernard n'avait plus rien à perdre, il ne lui restait plus rien d'autre à faire. Sans espoir, il se rua sur Giraud. Jeanne cria :

— Bernard ! Non ! Ne fais pas ça ! Il va te tuer !

Giraud, comme fou, se campa sur ses jambes et s'apprêtait à presser la détente pour arroser de balles meurtrières ses deux victimes et ainsi les réunir dans la mort. Une joie immense montait en lui. Il allait les détruire. Détruire, il ne savait plus faire que cela. Il avait brisé sa vie en poursuivant de sa haine cet homme des collines. Il s'était ensuite donné à la lie de l'humanité. Il avait désormais tant de sang sur les mains, tant de victimes implorantes et gémissantes sur la conscience. Au fond, il n'avait plus rien pour le tenir vivant, uniquement le plaisir sadique de faire souffrir les autres et celui de tuer, encore et encore. Il ne devait pas y avoir de gens heureux puisque lui ne l'était pas, pas d'amour non plus, rien que la mort. Et il allait encore tuer. Il attendait que Bernard ait presque réussi à rejoindre Jeanne pour tirer. Il voulait les faucher avant que leurs deux corps ne s'étreignent.

Jeanne ne voyait plus d'issue à cet enfer. Elle savait n'avoir aucune chance contre la mitraillette. Mais elle ne pouvait se résoudre à voir Bernard criblé de balles comme l'était son ami Marcel qui gisait là, à quelques mètres d'elle dans une mare de sang noir. Alors, elle sortit son revolver, l'arma et le braqua sur le monstre. Bernard cria d'une voix rauque, méconnaissable :

— Jeanne ! Non !

Giraud était déçu. La belle mise en scène qu'il venait d'imaginer allait tourner court. Il ne pouvait plus attendre. Il tenait à sa peau et il savait que la belle institutrice savait tirer. Il mit en joue. Elle était si près de lui qu'il n'avait même pas besoin de l'ajuster. Elle était si belle. Une pression du doigt et elle ne serait plus qu'un tas de viande hachée, plus qu'un souvenir, comme tous les autres, comme tous ceux qu'il avait déjà fait passer de vie à trépas.

Un coup de feu claqua. Un seul. Bernard en reconnut aussitôt le bruit. C'était son fusil qui avait tiré. Giraud ne bougeait plus. Son doigt s'était arrêté à quelques millimètres de la détente. La balle lui avait traversé la gorge et un flot de sang affluant dans sa bouche l'empêcha de parler, de hurler sa colère d'échouer si près du but. Lui qui voulait tant tuer était mort. Il fit quelques pas en arrière, eut le temps de voir et de reconnaître celui qui venait de le terrasser. À nouveau, un bref éclair d'humanité passa dans son regard avant qu'il ne se figeât à jamais. Jeanne qui était tout près, son arme tremblante à la main crut même apercevoir un doux sourire sur le visage atroce de la brute. Il chancela encore quelques secondes puis, enfin, s'écroula. Ce n'est qu'à cet instant que ses doigts se crispèrent sur la gâchette et que la mort du monstre fut saluée par une ultime rafale de mitraillette en direction du ciel. Tout était bien fini pour Édouard

Giraud. Après le fracas de la fusillade, le silence retomba sur les collines. La paix. Enfin.

Jeanne et Bernard étaient dans les bras l'un de l'autre. Ils se serraient à se faire mal. Ils avaient l'impression d'émerger d'un long cauchemar. Pourtant toute la tragédie n'avait duré que quelques secondes, de ces secondes qui semblent durer une éternité. Enfin, leurs esprits retrouvés, ils se retournèrent pour voir à qui ils devaient d'être encore en vie, d'être encore ensemble. À l'orée de la clairière, le fusil abaissé vers le sol, Nicolas avait les yeux perdus dans le vide. Il venait de tuer l'homme qui avait été autrefois son père. Il ne pleurait pas. Il ne pleurait plus depuis le jour où il l'avait définitivement perdu. Ce jour terrible où il l'avait battu et où il était parti trouver refuge auprès de Lourseau. Il ne pleurait pas car ce n'était pas son père qu'il venait d'abattre. Il était heureux parce que c'était son père qu'il venait de sauver, le vrai, le seul qui comptait vraiment à ses yeux. L'autre n'était plus qu'un vieux souvenir de son enfance perdue.

Bernard lâcha Jeanne et s'approcha de Nicolas. Il lui prit le fusil des mains, le cassa en deux, ôta la seconde cartouche, la mit dans sa poche et abandonna l'arme au sol. Il prit le jeune homme par les épaules, le fixa :

— Merci, Nicolas, merci pour elle.

Nicolas ne dit pas un mot, il se contenta de secouer la tête. Sa vie avec Bernard lui avait aussi appris cela. Parfois, souvent, il ne sert à rien de parler. Un râle vint interrompre le silence qui s'était établi, comme une communion entre les deux hommes, entre le père et le fils. C'était Marcel. Le vieux lion s'accrochait encore un peu à la vie. Jeanne était déjà à ses côtés. Elle lui avait pris la main, comme la fois où elle l'avait trouvé martyrisé au fond de son bureau de maire. Comme ce jour-là, elle pleurait. Mais cette fois-ci, ce n'était pas un trop plein d'émotion qu'elle déchargeait. C'était une profonde tristesse car elle savait que son ami, le Grand Marcel venait de livrer son dernier combat contre l'injustice et la barbarie. Son grand cœur allait bientôt cesser de battre. Elle pleurait car il n'y avait plus rien à faire pour celui qui, n'écoutant que son courage, que son amour, avait livré son corps aux balles qui lui étaient destinées. Bernard l'avait rejointe. Lui aussi était à genoux, presque prosterné devant l'homme qui l'avait toujours défendu, celui qui lui avait permis de faire son deuil au fin fond de ces collines, celui qui avait ensuite été le généreux complice de cet amour, de ce goût de la vie qu'il avait retrouvé avec Jeanne, celui enfin qui était devenu leur frère d'arme à tous les deux dans leur lutte contre l'oppression. Bernard pleurait lui aussi. La mort avait épargné celle qu'il aimait mais elle allait encore lui prendre un être cher. Marcel leva les yeux vers eux, il leur sourit. Dans le lointain, on perçut soudain le long et sourd roulement d'un canon, puis d'un autre, des centaines. Bernard se pencha vers Marcel :

— Marcel, vous entendez ?

— Oui… j'entends… Canons de marine… du gros calibre…

— C'est le débarquement, ça y est, ils arrivent ! Marcel, on a gagné !

— Et vous êtes vivants tous les deux… C'est ça… le plus… important. Approchez-vous… que je vous regarde une dernière fois.

Comme deux enfants, Jeanne et Bernard se penchèrent encore un peu plus sur Chasse. Ils sentaient son souffle court et saccadé. Rassemblant ses dernières forces, le maire de Saint-Martial leur prit la main à tous les deux.

— Avant que… je… ne remplisse une dernière fois mes… fonctions officielles… je… veux que vous… que vous me fassiez une… promesse…

Il leur serra un peu plus fort les mains, les siennes commençaient déjà à être froides.

— Aimez-vous… toujours !

— C'est promis, Marcel, c'est promis.

Jeanne et Bernard lui avaient répondu ensemble, d'une seule et même voix.

— Alors, ça va… Pas besoin de tout le… le blabla habituel…

Marcel prit une dernière inspiration. Il savait qu'il ne lui restait plus beaucoup de temps, plus beaucoup de vie. Dans un dernier défi face à la mort qui venait le prendre, il se redressa sur son séant et d'une voix forte proclama :

— Par les pouvoirs que me confère la République bientôt restaurée, démocratique, laïque, une et indivisible, je vous déclare mari et femme… Je… vous aime… Soyez heureux… Vous pouvez embrasser la… la…

La voix du maire de Saint-Martial s'était tue pour toujours. Sur son visage, un sourire s'était figé. Le même que celui avec lequel il avait accueilli Jeanne à la gare la première fois qu'il l'avait vue. Le Grand Marcel était parti pour le paradis des athées, fier d'avoir rempli ses fonctions jusqu'au bout en mariant cette femme qu'il aimait à cet homme qu'il admirait.

Le vent qui s'était levé sur la mer apportait avec lui un parfum de liberté. Là-haut, dans les collines, les partisans de Saint-Martial étaient arrivés en retard pour la dernière bataille. En voyant Jeanne et Bernard partir ensemble, main dans la main, dans le soleil couchant, ils comprenaient le sens du sacrifice que Marcel avait consenti. Groupés autour de son corps sans vie, ils ne pouvaient que tristement se réjouir de leur victoire toute proche sur la barbarie. Comme pour les combattants de toutes les guerres, celle-ci se terminait pour eux sur un goût doux-amer.

Épilogue.

Assis côte à côte sur le même banc, un homme aux cheveux blanchis par les ans et un petit garçon regardaient ensemble la façade lézardée de la vieille mairie-école de Saint-Martial. Depuis bien longtemps déjà les rires des enfants avaient déserté les lieux. L'école en préfabriqués était plus loin, du provisoire dans l'attente de la prochaine construction d'un groupe scolaire moderne et fonctionnel et surtout plus grand. Depuis quelques années, de plus en plus de nouveaux habitants étaient arrivés pour profiter de la qualité de vie incomparable du village. On fuyait les villes, le bruit, la pollution, l'insécurité fantasmée. Les collines de Saint-Martial raisonnaient aujourd'hui du bruit saccadé des brises roches et partout des villas avec piscine, des routes noires de goudron et des réverbères globulaires grimpaient déjà bien plus haut que le plateau du Solitaire. La Roche de la Grosse Tête avait été dynamitée et la petite clairière n'était plus. Elle avait cédé la place à un rond-point, à un parking et à une supérette.

Sur la façade du bâtiment, une plaque commémorative aux lettres d'or pâlissantes rappelait le nom et la bravoure de Marcel Chasse, le maire dans les habits duquel tous ses successeurs avaient tenté de rentrer. Mais, il fallait bien avouer qu'ils étaient bien trop grands pour eux. C'est ce que disaient souvent les anciens : « personne ne le remplacera, le Grand Marcel ». L'ennui, c'est qu'il n'y avait plus guère qu'eux pour se souvenir. Se souvenir…

— Dis, pépé, tu l'as connu, toi, Marcel Chasse ? demanda le petit garçon au vieil homme assis à côté de lui.

Un silence... Il était dur de faire démarrer cette machine à remonter le temps qu'était la mémoire.

— Oui. Je l'ai bien connu. C'était ton arrière-grand-oncle.

— Alors, c'est bien vrai ! Il était de ma famille. Les autres, à l'école ne voulaient pas me croire quand je leur ai dit. Et, dis-moi, pépé, c'est vrai, hein, que c'était un héros ?

Un héros. Le vieux regarda la plaque maculée de graffitis. Les nouveaux habitants venus des villes avaient ramené de drôles de façons. Et dire que certains appelaient ça de l'art urbain ! Décidément, il ne comprenait plus grand-chose au monde dans lequel la mort semblait l'avoir oublié.

— Non, mon petit. Tu sais, les héros, ça n'existe pas. C'est bon pour les romans ou les séries télévisées américaines devant lesquelles tu te laves le cerveau avec tes parents. Non, Marcel, c'était juste un homme.

— Mais là, y'a écrit qu'il est « mort courageusement en luttant contre la barbarie des nazis ».

Le vieux sourit en hochant la tête. Et dire qu'aucun de ceux qui avaient fait écrire et apposer cette plaque sur la façade de la mairie n'avaient été présent au moment des événements. Ni Clovis qui avait remplacé Marcel dans le fauteuil de premier magistrat de la commune, ni cet imbécile de notaire de Gillois qui, pour gagner les élections, s'était prétendu gaulliste alors qu'il s'était planqué pendant toute la durée de la guerre. Que valait l'hommage de ce résistant de la vingt-cinquième heure ? Il y avait toujours quelqu'un pour réécrire l'histoire à son compte et ceux qui se souvenaient vraiment n'avaient plus qu'à se taire devant la vérité officielle. Au fond, rien ne changeait jamais.

— Et Jeanne et Bernard, dis, pépé, qui c'était, dis ?

Le vieux sursauta. Cela faisait des années qu'il n'avait pas entendu prononcer ces noms si chers à son cœur. Submergé par l'émotion, il s'énerva, comme toujours.

— Qui t'a parlé d'eux ? Et puis pourquoi tu me poses toutes ces questions ? Tu peux pas un peu t'occuper de tes affaires et aller jouer comme tous les gosses de ton âge plutôt qu'à être toujours là à me coller pire qu'un arapède sur son rocher !

Le petit laissa passer l'orage. Il le connaissait bien le vieux. Il savait qu'il aboyait beaucoup mais qu'il ne mordait pas. Et puis, il voulait savoir, il en avait besoin. Il aurait été incapable d'expliquer pourquoi, mais toutes ces vieilles histoires l'intéressaient plus que la Wii ou la D. S avec lesquelles ses petits copains s'abrutissaient du soir au matin. Après le temps nécessaire à ce que son arrière-grand-père se calmât un peu, il revint à la charge.

— Personne ne m'a jamais parlé d'eux, pépé. C'est moi. L'autre jour, j'ai fouillé dans ton bureau et j'ai trouvé des cartes postales de l'autre bout du monde et de vieilles photos d'eux…

— Tu as encore farfouillé dans mes affaires, hein ? Tu peux pas t'en empêcher ! Je t'avais pourtant dit de ne plus recommencer. Après, je retrouve plus rien !

— Mais, j'ai fait attention, pépé. J'ai rien dérangé, je te promets.

— C'est vrai. La preuve, je me suis rendu compte de rien. Ma parole, t'es pire qu'une fouine !

— Alors, pépé, qui c'était ?

Le vieux était un peu perdu. Comment expliquer des choses si compliquées à un gamin de onze ans ? Et puis tout à coup, il lui vint une idée. Et si lui aussi réécrivait l'histoire, son histoire. Bien sûr, à l'heure d'Internet et de la généalogie en ligne, le gosse ne mettrait pas longtemps à se rendre compte que la vérité était autre, qu'il lui avait menti. Mais, il sentait qu'il ne lui en voudrait pas de lui avoir dit, rien qu'à lui, sa vérité. Il se cala contre le dossier du banc, regarda le gamin dans les yeux et lui dit :

— Jeanne et Bernard, c'étaient mon père et ma mère. Tes arrière-arrière-grands-parents. Voilà !

— Ah ! Bon. Et le petit Simon ?

— Tu as sacrément bien fouillé dans mes affaires, toi ! Et bien c'est mon frère. Bon, t'es content ? J'ai répondu à tes questions ? Allez, maintenant, tu vas un peu aller jouer avec tes copains et me laisser tranquille. Tu sais, à mon âge on se fatigue vite, on a plus trop envie de discuter. Allez, cours !

Le gamin embrassa son bourru d'arrière-grand-père sur les deux joues et partit en courant rejoindre ses copains qui n'arrêtaient pas de lui envoyer des SMS sur son portable pour savoir quand il se déciderait à les rejoindre. Là-bas, dans les collines, il y avait des grottes à explorer. De vieilles caisses vides y étaient encore alignées. Elles semblaient dater de la guerre.

Après qu'il fut parti, le grand-père se leva lentement. Avec les ans, son pas était devenu pesant. Il était loin le temps où, la guerre finie, il avait fait le choix de ne pas suivre Jeanne et Bernard dans leurs îles du bout du monde. Eux étaient partis là-bas pour commencer une nouvelle vie, loin de l'Europe en ruine et de ses traumatismes. Ils en avaient le droit. Ils l'avaient bien mérité. Lui était resté encore quelque temps dans les collines. Il n'oublierait jamais lorsque Bernard l'avait serré dans ses bras avant de partir avec Jeanne et le petit Simon. Il lui laissait tout ce qui avait été sa vie pendant presque vingt ans. Cela avait été comme un passage de témoin. Ils n'avaient pas parlé. En partant, Bernard lui avait juste dit :

— Quand tu seras prêt, tu redescendras.

Et il était redescendu. Il avait fini par le passer, ce sacré certificat d'études et puis il était même allé plus loin. Il avait passé le bac. Il avait marché dans les mêmes pas que Jeanne et était devenu l'instituteur de Saint-Martial.

Perdu dans ses pensées, il était arrivé jusqu'au vieux portillon rouillé du petit cimetière. Il entra. Il alla jusqu'à la tombe du Grand Marcel. Elle était fleurie et bien entretenue, les vieilles du village ne l'avaient pas oublié et y veillaient toujours. En face, à demi à l'abandon, se trouvait la sépulture de Giraud. Comme par le passé, les deux ennemis se faisaient face, un peu comme si leur duel s'était figé dans l'éternité.

Nicolas s'approcha de la tombe de son père et regarda la photographie jaunie et fendillée par le temps.

— Tu vois, « papa », aujourd'hui, tu as vraiment perdu !

Il hocha la tête, ne put s'empêcher d'écraser une larme et s'en alla. Les vieux marronniers perdaient leurs feuilles. C'était l'automne.

*

*   *

*

Chez le même éditeur

Le Coquelicot : romans du terroir

Alain Brouste
La Fée des Sables

Michel Courcelaud
D'un Soleil à l'autre

Rémi Depoorter
Le Vent des Loups
Le Chapeau de M. Fabre
Une Mère Ardéchoise
Diableries en Pays Lyonnais
Le Voleur d'Etoiles
Le Maître des Collines

Michel Lacombe
Le Retour au Mas
La Noire Tourmente
La Grimace du Givre
La Brouille
Les Fachines
Le Sans Gueule
La Semaine du Gaga
Les Brûlades
La Boumiane
La Mer à Boire
Le Secret d'Adrienne
Le Douvi
Les Sarments d'Hippocrate
Les Jumeaux de Malatresque
La Cagnotte de Cyprien
Le Mécréant de Saint-Poutouzat
La Sansouïre du Toquadou
Les Charpentiers de Fer Tome 1 et 2
L'Inconnu du Vaccarès
La Campagne de Baptistin
Le Mystère du Mas du Païen
Les Larmes du Désert

Agnès Guerneliane
L'Intruse
Le Bois de la Radegonde
Le Fléau des Moissons
Les Hautes Rivières
Le Secret des Trois Herbes
La Foire aux Veniaux
Le Hamel aux Vieux Garçons
La Promise

Valérie Satin
Le Chemin du Silence
Les Braises de la Revanche
L'Appel du Risoux
Les Petits Carnets

Olivier Zagli
Le Moulin de la Redonde
Le Fugueur de Cabrière

Martine Liad
La Terre des Lentilles

Charles Cieters
Les Fruits de la Maraude
Sur la Route de nulle part

Hubert Loisel
Le Baluchon de terre
Le Pain Blanc et le Pain Noir

Jean Vareillaud
Pour un lopin de terre

Albert Ducloz
Les Dames Blanches

Isabelle Degras
Le vol des Perdrix

Pascal Bacconnier
D'une récolte à l'autre

Bruno Auboiron
Deux Châtaignes en poche

Viviane Auger
Sur un Cahier d'écolier

Katia Valère
Le Destin d'Antoinette

Monique Bergerot
La Promesse du Tanneur

Jérôme Tallon
Une Saison à la Campagne

Christine Merle
Les Racines des Hautes Terres

Charles Bottarelli
La Colère des Rusquiers
La Vigne aux Secrets

Jean-Marie Terron
Le Ramoneur des Montagnes

Nicole Mercier-Thomasson
La Boîte aux Oiseaux
Le Dernier Automne de Marguerite

Benjamin Fittoussi
Mademoiselle Jeanne

Fabienne Lab
Le Vent sur le chemin

Collection : Au fil du temps

Daniel Genthialon
Saint Bonnet le Château (Loire)

Christine Navarro
Lagnieu (Ain)

Véronique Guillaume
Saint Just Saint Rambert (Loire)

Annie-Paule et Christian Félix
Le Périgord
La Femme

Robert Luc
La Croix-Rousse (Lyon)

Guénaëlle Le Ny
Clins d'œil en Pays Beaujolais

Michel Lacombe
Barjac (Gard)

Jean-Marie Cuny
Les Rues de Nancy

Cécile Mathias
Brignais (Rhône)
Le Vieux-Lyon (Rhône)

Collection : Le Fin Mot

Pierre Basson
La Nuit du Passeur

Nicole Provence
L'Etang de la Mariée

Bernard Gimbernat
Le Seret de la Confession

Michel Lacombe
Les Fourches Ecarlates

Collection : Souvenez-vous

Robert Luc
Lyon, les années 50

Nathalie Roche
Autrefois les Gorges de la Loire

Cécile Mathias
Gerland sur les traces de son passé

Collection : Mots d'une vie

François Tassart
Souvenirs sur Guy de Maupassant
par son valet de chambre

Claude Secondi
Mick Micheyl des planches à l'acier

Collection : Au fil des Saisons

Guy Fuinel

Chroniques végétales

Collection : Villes et village en Fête

Freddy Tondeur

La Fête des Olive à Nyons

Jacques Teyssier

La Fête de la Lavande

Suzanne Buix

La Fête du Tilleul à Buis-les-Baronnies

Pour recevoir notre catalogue complet
envoyez-nous vos coordonnées à :

Editions du Mot Passant,
BP 43083 - 69605 Villeurbanne Cedex

ou sur

www.motpassant.fr

Achevé d'imprimer en juin 2013
Dépôt-légal : juin 2013 - N° d'impression :

N° d'impression : 163098